Tyler R. Parsons

DER BESUCHER

TYLER R. PARSONS

DER BESUCHER

Roman

Aus dem Amerikanischen von
Jürgen Langowski

PIPER

MIX
Papier aus verantwortungsvollen Quellen
FSC
www.fsc.org
FSC® C083411

Deutsche Erstausgabe
ISBN 978-3-492-70534-9

Titel der amerikanischen Originalausgabe:
»A Walk Between Stars«

Satz: Tobias Wantzen, Bremen
Gesetzt aus der Chaparral
Druck und Bindung: CPI books GmbH, Leck
Printed in the EU

1

Als ich nach dem Schraubenschlüssel griff, explodierte das Schiff.

Quinn und ich waren seit gut einer Stunde im Außeneinsatz, um die Solarzellen zu reparieren, da erschütterte eine gewaltige Explosion im Inneren das ganze Raumschiff. Lautlos barst die Hülle im Weltraum und wir wurden in die Leere geschleudert.

Die an der Hüfte eingehakte Sicherungsleine hielt mich nach zehn Metern abrupt auf, woraufhin ich langsam zum Schiff zurückschwebte. Hektisch fuchtelte ich herum, bis ich mich an einem großen Solarmodul festhalten und das langsame Kreiseln abbremsen konnte. Quinn rotierte schneller und schwebte strampelnd am Ende seiner Leine.

Ein langer Riss zog sich durch den ganzen Rumpf. Er war höchstens dreißig Zentimeter breit, aber das reichte aus, um die Besatzung zusammen mit der gesamten Atmosphäre und allen losen Gegenständen ins Vakuum zu saugen.

»Mann!«, hallte Quinns Stimme in meinem Helm. »Briggs! Briggs, wie geht es dir?«

»Alles klar«, antwortete ich. »Und dir?«

»Super. Sobald ich aufhöre, mich um mich selbst zu drehen.« Er schwebte näher an das andere Ende des Solarmo-

duls heran und hielt sich fest. »Ah, was zur Hölle war das?«
»Unser Schiff ist geplatzt«, erklärte ich.
Wir starrten die Trümmer an – darunter viele Brocken mit menschlichen Formen –, die langsam davonflogen. Quinn fluchte. Ich konnte nur stumm nicken. Es war eine gespenstische, surreale Szene.
Schließlich holte ich Luft. Er suchte meinen Blick.
Wir sind allein. Sie sind alle tot!
»Hast du eine Ahnung, was passiert ist?«, fragte ich.
»Absolut nicht«, erwiderte er. »Aber wir haben ein Problem.«
»Ja«, stimmte ich zu. »Das kannst du wohl laut sagen.«
Ich sah den davonschwebenden Trümmern nach.
Quinn wischte mit der Hand über das Visier seines Helms und verschmierte dabei etwas Flüssiges. »Verdammt, was ist das?«
Irgendetwas im benachbarten Modul sprühte ihn mit einem giftgrünen Dunst ein.
Vorsichtshalber packte ich die Leine, verfolgte sie bis zum Ankerpunkt und zerrte ein wenig, um mich zu vergewissern, dass sie gut befestigt war. Das war der Fall.
Dann stieß ich mich ab und schwebte zu Quinn hinüber. Sobald ich nahe genug war, konnte ich über seine Schulter hinweg die Kühlrippen des Moduls erkennen, an dem wir gearbeitet hatten. Eine Kühlrippe war gerissen und spie erschreckend schnell das Kühlmittel aus.
Nun setzte mein Instinkt wieder ein und ich hangelte mich am Schiff entlang zum Ursprung der Fontäne. »Wir müssen das Loch abdichten!«, rief ich und griff in den Werkzeugbeutel an der Hüfte, um eine Autoklammer herauszuholen.

»Was?« Er starrte immer noch seine Hände an.
»Es ist Kühlmittel«, antwortete ich. »Und irgendwie habe ich den Eindruck, das ist noch nicht mal der schlimmste Schaden.«
Wieder sah ich ihn an. Wie gebannt betrachtete er die eigenen Hände.
»Quinn!«, rief ich. »Mann, reiß dich zusammen und komm her.«
Schnaufend schwebte Quinn zu mir herüber.
Sobald ich den Riss in einer der Kühlschlangen gefunden hatte, öffnete ich die Autoklammer mittels Knopfdruck. Surrend zogen die Zahnräder die Backen auseinander. Als sie breit genug war, setzte ich die Klammer auf das gerissene Rohr und schob den Regler in die andere Richtung. Wieder arbeiteten die Zahnräder. Eigentlich konnte ich gar nichts hören, sondern spürte nur die Vibrationen im Anzug, als sich die Klammer langsam schloss und die Kühlmittelleitung zusammenpresste.
Da die Leitung jetzt abgeklemmt und der Kühlmittelstrom unterbrochen war, holte ich das Harz aus dem Beutel und ließ etwas auf den Riss tropfen; dann drehte ich die Tube herum. Auf der Rückseite waren zwei winzige Elektroden. Ich hielt sie an den Tropfen und brachte damit die Gerinnung in Gang. Es brutzelte, schließlich erstarrte die Masse und war so hart wie Stahl. Nachdem ich die Autoklammer entfernt hatte, untersuchte ich den Riss, ob immer noch Kühlmittel austrat. Anscheinend war alles in Ordnung.
»Eine Krise bewältigt«, sagte ich, während ich die Autoklammer in der behandschuhten Hand herumwirbelte und wieder in den Beutel steckte.
»Nur noch vierhundert weitere zu überstehen.« Quinn deu-

tete hinter mich. »Ich fürchte, das da kann man mit ein bisschen Harz nicht mehr flicken.«

Er zeigte auf die zweite Gruppe Kühlrippen weiter unten am Schiff. Oder vielmehr auf die Stelle, wo sich die Kühlrippen hätten befinden müssen. Dort klaffte ein Loch, aus dem ein anscheinend unerschöpflicher Strahl von Kühlmittel in den Weltraum schoss.

Eine zweite Explosion erschütterte das Schiff. Aus dem Spalt züngelten blaue Flammen, die sofort wieder erloschen. Mit verkrampftem Magen und leicht verschwommenem Blick klammerte ich mich an den Sonnenkollektor, der unter mir installiert war.

»SCHEISSE!«, schrie Quinn.

Das große Schott, an dem wir die Sicherheitsleinen befestigt hatten, riss aus den Scharnieren und flog direkt auf mich zu. Ich versuchte, neben dem Solarmodul in Deckung zu gehen, aber das Ding war zu schnell, und ich war im Raumanzug nicht sehr wendig. Der zwei Meter große Metallbrocken traf mich an der Schulter und drückte mich gegen eine Stützstrebe. Der Aufprall trieb mir die Luft aus den Lungen, dann wurde ich in den leeren Raum geschleudert. Sofort danach keuchte ich heftig, weil mir vom Schulterblatt bis zur Niere ein stechender Schmerz durch den Körper fuhr. An der Hüfte spannte sich die Leine und ich spürte einen Ruck, der mich von der Solaranlage wegriss. Unweigerlich geriet ich in Panik, strampelte im Vakuum und fand keinen Halt. Ich war schon viel zu weit draußen. Die verbeulte Schleusentür zog mich stetig weiter hinaus. Das Letzte, was ich sah, ehe ich das Bewusstsein verlor, war Quinn, der auf mich zuflog wie eine träge Abrissbirne.

Als ich zu mir kam, war das Schiff weit und breit nicht mehr in Sicht. Ich war mit der Leine an die verbogene Metalltür gefesselt. Mühsam sah ich mich um, drehte mich und blickte nach hinten.
»Es ist weg«, erklärte Quinn bedrückt.
Wie schön.
Ich tippte auf das Armdisplay, um den Computer zu starten, rief das Notfallmenü auf und schaltete das Notsignal ein. Dann sagte ich Quinn, er solle das Gleiche tun.
»Hab ich schon längst gemacht«, antwortete er. »Aber wer könnte uns hier schon hören?«
Ich zuckte mit den Achseln. Er hatte recht. Wir hatten auf einem Tiefraumforschungsschiff gearbeitet, hier draußen war weit und breit keine Menschenseele unterwegs. *Es wird niemand kommen – oder jedenfalls nicht rechtzeitig.*
Ich prüfte die Wasserzellen. Sie waren gut gefüllt, beinahe neunundsiebzig Prozent. »Quinn, wie sehen deine Zellen aus? Meine sind noch fast voll.«
Die Anzüge liefen mit Wasser. Einerseits versorgte es den Träger, andererseits konnte es der Anzug auch in Sauerstoff zum Atmen umwandeln und den Wasserstoff benutzen, um Computer, Funk, Heizung, Kühlung und die Abfallentsorgung zu betreiben. Wenn die Wasserzellen voll waren, konnte man im Anzug sieben bis zehn Tage überleben. Danach war man allerdings ziemlich hungrig.
»Das willst du nicht wissen«, antwortete er, nachdem er das Armdisplay konsultiert hatte. »Es war mehr als genug, um die Solaranlage zu reparieren, aber auch nicht viel mehr.«
»Genauer, bitte.«
»Acht Prozent«, sagte er.
Verdammt auch, dachte ich. »Das ist übel.«

Unsere Anzüge waren nicht kompatibel, ich konnte mein Wasser nicht weitergeben. Er trug einen alten Simmons J6, der fast zwei Jahrzehnte älter war als meine Montur. Ganz zu schweigen davon, dass die verschiedenen Hersteller unterschiedliche Ventilsysteme einsetzten. Wir konnten meinen Wasservorrat nicht teilen.
»Wie effizient ist dein Anzug?«, fragte ich.
Er holte tief Luft und atmete langsam aus. »Mir bleiben noch zwölf bis fünfzehn Stunden. Vielleicht bringe ich es bis auf zwanzig Stunden, wenn ich nichts mehr trinke.«

Tag eins. Wir beschlossen, den Stoffwechsel und den Sauerstoffverbrauch zu reduzieren, indem wir schliefen. Für alle Fälle bestand Quinn darauf, dass wir uns abwechselten. Wir waren beide nicht sehr müde, also spielten wir Schere, Stein, Papier, um zu ermitteln, wer als Erster schlafen sollte. Ich verlor.

Als ich aufwachte, war Quinn tot. Er hatte die Zeit genutzt, um den Geist aufzugeben.
Dieser selbstsüchtige Dreckskerl.
Quinns Helm war offen, der Körper war schutzlos dem Vakuum ausgeliefert. Das Gesicht war aufgedunsen, lila verfärbt und mit Reif überzogen. Die Augen waren mit Blut und Eis verklebt.
Ich tippte auf sein Armdisplay. Die Reserven lagen bei drei Prozent. In einem halben Tag wäre er sowieso tot gewesen, und das hätten wir so oder so nicht verhindern können.
Mir wurden die Augen feucht, ich konnte nicht mehr richtig sehen. Der Anzug hinderte mich daran, sie mir sauber zu reiben. Ich konnte nur blinzeln.

Tag zwei. Ich erwachte mit knurrendem Magen und neben dem verstörend stillen Quinn, der an meiner Seite schwebte. Ein Stoß und unsere Wege würden sich trennen. Zwei Minuten später wäre er nichts weiter als ein kleiner Punkt im schwarzen Weltraum.

Stattdessen zog ich ihn heran und band ihn mit der Sicherheitsleine fest auf die Tür.

»Ich hoffe, das macht dir nichts aus, Kumpel, aber ich sehe mich jetzt nach einer neuen Bleibe um«, erklärte ich kichernd. »Vielleicht finde ich etwas mit Blick aufs Meer.«

Ich schloss seinen Helm. Das hätte ich schon am Vortag tun sollen.

»Mach's gut, Mann. Du warst in Ordnung.«

Ich bezog mein Quartier auf der anderen Seite der Tür. Aus den Augen, aus dem Sinn. Hoffentlich.

Tag drei. Der Hunger beherrschte mein ganzes Denken.

Ich schlief jetzt mehr, kam immer nur kurz zu mir und war sofort wieder weg.

Dann träumte ich, ich sei wieder auf meinem Posten und arbeitete mit Quinn zusammen. Wir mussten die Stromversorgung in Korridor 4 überprüfen. Die Wartungsluke war geöffnet, ich lag auf dem Rücken und steckte halb im Zugang, um die richtige Steckverbindung zu suchen.

»Briggs, nimm das mal«, sagte Quinn. Ich hob den Kopf, woraufhin er mir einen Teller mit einem Stück Kuchen in die Hand drückte.

Natürlich, dachte ich. Es war schwierig, den Teller am Oberkörper vorbei in den freien Bereich hinter meinem Kopf zu bugsieren, ohne dass etwas von dem Kuchen vom Teller fiel.

Ich brauchte das Essen, um ... um irgendetwas zu tun.

Anscheinend hatte Quinn bemerkt, dass ich momentan ratlos war. »Benutze es, um den Deckel dort aufzuhebeln.« Er deutete neben meine Schulter.

»Ja.« Ich nickte, betrachtete den Deckel und den Teller in meiner Hand, dann wieder den Deckel. »Brauche ich dazu nicht eine Gabel?«

Draußen knallte es so laut, dass mir die Ohren klingelten. Dann fiel Geschirr klirrend auf den Boden.

Mühsam kroch ich aus der Zugangsluke und rutschte auf dem Rücken weiter, bis ich den Kopf heben und mich aufrichten konnte.

Etwa zehn Meter entfernt versuchten zwei andere Besatzungsmitglieder, einen großen Longhornbullen zu bändigen. Ein Stapel kleiner Porzellantassen und Untersetzer stand gefährlich schief. Der Bulle stampfte zum Geschirr, die Besatzungsmitglieder schlugen ihm auf die Flanken und riefen »Kusch!« und »Bleib!«.

»Ist heute Donnerstag?«, fragte Quinn.

»Oh, richtig«, antwortete ich. »Heute muss Donnerstag sein.« Irgendwie klang das völlig vernünftig.

Da beugte Quinn sich vor und hob eine kaputte Teetasse auf. Sie war weiß und der hübsche Henkel war so zierlich, dass ein Mann kaum den kleinen Finger durchstecken konnte. Seitlich war eine hellrote Rose aufgemalt. Er drehte die Tasse in den Händen herum. Dabei fiel mir auf, dass ihn der Bulle aufmerksam beobachtete. Als die Rose dem Bullen zugewandt war, riss das Tier die Augen weit auf.

»Nein!«, warnte ich Quinn. »Lass sie fallen!«

Es war zu spät. Der Bulle griff an, stieß die Besatzungsmitglieder zur Seite und zertrümmerte das aufgestapelte Por-

zellan. Es krachte fürchterlich. Ich hörte den Lärm kaum, sondern spürte ihn eher als Erschütterung im Kopf.
Mit drei großen Galoppsprüngen überwand der Bulle die Distanz. Er drehte den Kopf hin und her und griff Quinn an. Das Tier stieß zu, durchbohrte Quinns Rippen und hob ihn von den Beinen.
»Nein!«, rief ich noch einmal und riss den Mund weit auf.
Der Bulle stürmte mit Quinn den Korridor hinunter, krachte gegen die Wand und brach einfach durch. Durch das Loch strömte die Luft ins Vakuum und ich stolperte. Die Crewmitglieder, die den Stier gebändigt hatten, flogen an mir vorbei und folgten Quinn und dem Tier hinaus in den freien Raum. Sie waren steif wie Schaufensterpuppen.
Über das Tier hinweg, das im Weltraum weiterlief, obwohl es nichts mehr unter den Hufen hatte, sah Quinn mich an. Er lächelte und winkte. Ich winkte zurück. Dann wurde seine Hand starr und er winkte wieder, jetzt allerdings so steif wie die englische Queen. Lachend erwiderte ich die Geste.
Dann sah ich mich im Korridor um. Das Geschirr war weg, die Zugangsluke verschlossen. Das Loch im Schiff war noch da, doch jetzt sah ich nur noch den rasenden Stier.
Ich wachte auf.

Tag vier. Ich musste mich zusammenreißen. Die Langeweile war schlimmer, als ich es mir je hätte vorstellen können. Wenn ich wach war, dachte ich über Möglichkeiten nach, mir die Zeit zu vertreiben. Egal wie, solange ich nicht an meine Situation und den Verlust dachte.
Als ich keine Lust mehr hatte, mit der im Anzugcomputer gespeicherten Musik *Erkenne die Melodie* zu spielen, verband ich die Sterne mit gedachten Linien. Zuerst suchte ich

nach Umrissen, die einen Menschen oder ein Tier darstellen konnten, später fand ich alle Buchstaben des Alphabets und noch später ganze Wörter.

Als mir auch dies zu langweilig wurde, öffnete ich den Werkzeugbeutel am Bein und suchte etwas, mit dem ich mich ablenken konnte. Ich entschied mich für den Schweißlaser und schnitt einem Bolzen in der Tür den Kopf ab. Dann bearbeitete ich die Ecken, bis das Ding annähernd einem sechsseitigen Würfel glich. Ich brannte Punkte auf die Seiten des Würfels: die Zahlen von eins bis sechs. Anschließend schnitt ich einen zweiten Bolzen ab und wiederholte den Vorgang. Ich warf die beiden unebenen Metallwürfel hin und her und sah zu, wie sie schwebten und sich zwischen meinen Händen drehten. Schließlich magnetisierte ich die Platte auf dem linken Oberschenkel, wo ich normalerweise loses Werkzeug oder Bauteile ablegte, und warf die Würfel. Sie trafen das Bein und blieben an der magnetischen Fläche haften. Wie wär's mit einem Spielchen?

2

Tag fünf. Knisternd erwachte mein Com-System zum Leben.
»Antworten Sie«, sagte jemand.
»Hier bin ich«, antwortete ich mit steif gewordenen Lippen. Dann fuhr ich auf und entdeckte keine fünf Meter vor mir ein recht großes, zigarrenförmiges Schiff. Was für ein prächtiger Anblick. Es war so nahe, dass ich die Größe nicht genau bestimmen konnte, aber sicherlich zweihundert Meter lang und fünfzig Meter breit.
»Antworten Sie«, verlangte die Stimme noch einmal.
Mein Mund war ausgetrocknet und geschwollen, die Schleimhaut klebte an den Zähnen. Ich arbeitete heftig mit der Zunge, um den Speichel zu verteilen. Es brannte etwas, als ich den Mund öffnete und krächzte: »Hallo, ich bin hier.«
Gott sei Dank.
Ich schnallte mich von der Metallplatte los, stieß mich ab und landete an der Backbordluke. Hinter dem Fenster der Außentür entdeckte ich eine kleine Schleuse. Durch das zweite Fenster auf der anderen Seite konnte ich das Innere des Schiffs erkennen. Es war keine von Menschen gebaute Schleuse.
Wieder ließ sich die Stimme vernehmen. »Kommen Sie zur Schleuse«, sagte sie sehr steif und förmlich.

»Habe ich gerade gemacht«, antwortete ich. »Ich bin schon da.«

Da erschienen der große, runde Kopf und der Oberkörper meines Retters. Ich erkannte die Spezies sofort. Wir nannten sie die Manti, weil sie den Gottesanbeterinnen der Erde recht ähnlich waren. Sie hatten zwei Arme, vier dünne Insektenbeine, Exoskelette und einen Körper, der in Kopf, Brustkorb und Bauch unterteilt war. Die Köpfe wirkten fast menschenähnlich, die beiden großen Augen waren in jeweils fünf Facetten unterteilt. Sie hatten sehr lange Arme, aber keine Hände, sondern etwa ein Dutzend spitze, gepanzerte Finger an den Seiten der Unterarme.

Das Wesen bewegte die Mandibeln und hielt inne. Dann hörte ich es im Com-System: »Wo ist Ihr Schiff?«

Ah, das erklärte die förmliche Stimme. Es war ein Übersetzungsprogramm.

»Das weiß ich nicht«, antwortete ich. »Ich schwebe seit fünf Tagen im Weltraum.«

»Wo ist Ihr Schiff?«, fragte der Manti noch einmal.

»Das weiß ich nicht, ich habe es schon am ersten Tag aus den Augen verloren.«

»Korrektur. Wie ist der Status Ihres Schiffs?«

»Oh«, antwortete ich. »Vollständig zerstört. Keine anderen Überlebenden.«

»Kann es repariert werden?«

»Nein. Nein, ich glaube nicht«, antwortete ich.

»Verstanden«, sagte die Stimme. »Wie können wir helfen?«

»Äh«, stammelte ich. »Sie könnten mich an Bord nehmen.«

Es gab eine Pause. »Unmöglich. Es tut mir leid«, sagte die Stimme. »Wie können wir helfen?«

»Was meinen Sie damit, dass es unmöglich ist?«, fragte ich. *Verdammt, warum denn nicht?*

Wieder gab es eine lange Pause, bis die Stimme schließlich sagte: »Unsere Atmosphäre ist nicht mit Ihrer Biologie kompatibel und für Ihren Anzug ätzend. Er würde zerstört.«

Da fiel es mir wieder ein. Die Manti stammten von einem kalten Planeten, der weit von der Wärme ihres Zentralgestirns entfernt war. Ihr Organismus beruhte nicht auf Wasser wie jener der Menschen, sondern auf Methan. In der Kälte und bei dem hohen Druck, der auf ihrem Planeten herrschte, war Methan eher eine Flüssigkeit als das Gas, das wir auf der Erde kannten. Meine Hoffnung sank.

»Wie kalt ist es da drin?«, fragte ich, obwohl mir klar war, dass ich damit auf keinen Fall zurechtkäme.

»Zweifünfzwei Celsius negativ«, antwortete der Manti. »Wie können wir Ihnen helfen?«

Ich betrachtete die Anzeige auf meinem Arm. Der Wasservorrat lag bei dreiunddreißig Prozent. »Sie haben nicht zufällig flüssiges Wasser dabei?«

»Bitte warten Sie.« Wieder eine lange Pause. Ich konnte beobachten, wie er mit jemandem sprach, der sich außerhalb meines Blickfelds befand. Eine Minute später meldete er sich wieder. »Wir haben die Fähigkeit, Wasser für Sie aufzubereiten.«

»Wunderbar«, sagte ich. Das war schon mal was. Wenn sie meinen Anzug auffüllen konnten, dann hielt ich es vielleicht lange genug aus, um zu verhungern. »Wie sieht es mit Proviant aus?«, fragte ich.

Der Manti betrachtete einen tragbaren Computer und bearbeitete den Bildschirm mit mehreren der an Pinzetten erinnernden Finger. Schließlich sah er mich wieder an. »Ja.«

Ah, jetzt kommen wir weiter. Ich kicherte erfreut.
Der Manti bat mich, ihm das Wasserventil am Anzug zu zeigen. Ich hob den linken Arm und drehte mich, damit er den Anschluss erkennen konnte. Ich musste stillhalten, bis er mich gescannt hatte, dann informierte er mich, dass sie leicht eine Verbindung herstellen konnten. Anschließend verschwand er.
»Hallo?«, sagte ich.
Nichts.
Nach zwanzig Minuten Untätigkeit spürte ich auf einmal eine Erschütterung und zog mich wieder vor das Fenster der Schleuse. Die innere Tür wurde gerade geschlossen.
Wieder meldete sich die Stimme. »Sie können die Außentür öffnen.«
Ich packte den Griff, der sich leicht drehen ließ. Es klickte, das Schott schwang auf. Drinnen stand ein Kanister, der zehn bis zwölf Liter enthielt, daneben lagen mehrere mit silbrigem Material umwickelte Riegel. Ich nahm einen und drückte mit dem Finger darauf. Er gab nach, der Finger hinterließ eine kleine Delle. Notrationen. »Danke«, sagte ich.
Als ich den Kanister mit dem Ventil meines Anzugs verband, rastete der Verschluss sauber ein. Dreißig Sekunden später war mein Anzug voll aufgetankt.
Dann nahm ich eine Ration und trat ganz in die kleine Kammer, drehte mich um und versuchte, die Tür zu schließen. Es war ein sinnloses Unterfangen. Der Raum war zu klein, ich bekam die Außenluke nicht zu.
Also drehte ich mich wieder zum inneren Fenster um. »Wie soll ich hier etwas essen? Haben Sie eine größere Schleuse, in der ich den Helm öffnen kann?«

»Wir haben drei Schleusen«, erklärte die Stimme. »Alle sind gleich groß.«
Das ist nicht gut. »Und jetzt?« Ich hielt den Riegel vor das Fenster und drehte ihn zwischen Fingern und Daumen hin und her.
»Bitte warten Sie.« Wieder sprach er mit jemandem, den ich nicht sehen konnte.
»Unser Arzt hat bestätigt, dass Sie den Proviant ohne Gefahr zu sich nehmen können.«
»Was?«, fragte ich. »Ich dachte, das haben Sie längst überprüft. Die Frage ist jetzt vielmehr, wie ich das hier draußen im Vakuum essen soll.« Ich tippte auf mein Visier, um zu verdeutlichen, was ich meinte.
»Verzeihung«, entgegnete er. »Unser Arzt hat festgestellt, dass Ihre Spezies das Vakuum lange genug aushalten kann, um das Essen in den Mund zu schieben.«
»Ehrlich?«, fragte ich. »Meinen Sie, ich soll den Helm abnehmen, einen Happen abbeißen und den Helm wieder aufsetzen, ehe ich sterbe?« *Der macht wohl Witze.*
»Ja«, antwortete er völlig gelassen. Nach einer Pause fuhr er fort: »Es wird sehr kalt, und Sie dürfen nicht den Atem anhalten, weil sonst die Lungen platzen und dann sterben Sie. Ihre Spezies kann es ungefähr fünfzehn Sekunden ertragen, ehe Sie ohnmächtig wird. Wenn Sie ohnmächtig werden, sterben Sie innerhalb von neunzig Sekunden.«
»Die Gefahren sind mir bekannt«, erklärte ich. »Ich bin bisher nur noch nicht auf die Idee gekommen, mein Leben zu riskieren, um einen Happen zu essen.«
»Sind Sie nicht fähig, dies zu tun?«
Ich zuckte mit den Achseln. »Ich würde Ihnen gern sagen, dass ich nicht hungrig genug bin, um es zu versuchen.

Aber ehrlich gesagt, kann ich das nicht. Ich bin am Verhungern.«
Dreißig Sekunden lang dachte ich darüber nach. So verrückt es auch klang, es war möglich und ich konnte dadurch vorläufig überleben. Das verbesserte meine Aussichten, doch noch gerettet zu werden, ganz erheblich. Also packte ich den Riegel aus, riss einen Happen ab, der gerade noch in den Mund passte, und stählte mich. Ich tippte auf das Armdisplay, rief das Sicherheitsmenü auf und deaktivierte die Sicherungen des Helms. Dann holte ich tief Luft und atmete langsam durch die Nase aus. Vollständig. Eine Sekunde, zwei Sekunden ... nach drei Sekunden fühlten sich meine Lungen leer an und ich musste die restliche Luft mit Gewalt herauspressen. Ich schloss die Augen und öffnete das Visier. Mit einem Zischen entwich die Luft aus dem Anzug, dann wurde es still. Es knackte zweimal laut, als meine Ohren den Druck ausgleichen wollten. Sofort wurde es schneidend kalt, als hätte ich das Gesicht in eine Schale Eiswasser getaucht. Die scheinbar leeren Lungen fühlten sich gar nicht mehr so leer an, weil sich die Luftreste, die ich nicht ausgeatmet hatte, im Vakuum rasch ausdehnten. Ich atmete weiter aus. Rasch hob ich die Hand zum Mund und versuchte, das Stück des Proviantriegels hineinzustecken. Quasi blind und mit den dicken Handschuhen war das schwieriger als erwartet. Sobald ich den Riegel auf den Lippen spürte, beförderte ich ihn in den Mund, zog die Hand weg und klappte das Visier wieder zu. Dann übernahm der Anzug und baute den Druck und die Atmosphäre rasch wieder auf. Ich überwand mich und zählte gequält bis zehn, ehe ich den ersten so dringend benötigten Atemzug wagte. Meine Lungen brannten. Sobald ich die Augen öffnete, sprangen die kleinen Eiskristalle,

die sich um die Wimpern gebildet hatten, knisternd ab. Ich blinzelte mehrmals, um mich zu vergewissern, dass alles in Ordnung war.

Erst da erinnerte ich mich, dass ich tatsächlich Essen im Mund hatte. Ich kaute und erkundete es mit der Zunge. Noch nie hatte mir etwas so Fades und Saures so gut geschmeckt. Während ich kaute, stellten die Ohren den Druckausgleich her.

Ich sah den Manti an. »Mmm«, machte ich und zeigte ihm einen erhobenen Daumen. Er antwortete nicht, als hätte er die Geste nicht verstanden.

»Bitte warten Sie«, sagte er und verschwand nach links.

Unterdessen musterte ich den Wasserkanister etwas genauer.

Während der letzten fünf Tage hatte ich immer wieder die Leistungsfähigkeit meines Anzugs berechnet. Mit einer vollen Ladung hielt ich etwa acht Tage durch. Wenn ich vom siebten Tag an nichts mehr trank, schaffte ich noch einen weiteren Tag. Das war möglicherweise lange genug, um gerettet zu werden – vorausgesetzt, die Manti begegneten rechtzeitig jemandem, der mich aufnehmen konnte.

Ich musterte die Rationsriegel. Die Dichte und Beschaffenheit ähnelten den Notrationen, die ich kannte, aber der Geschmack war noch unbefriedigender, soweit man das überhaupt sagen konnte. Das Etikett konnte ich nicht lesen, doch die Rationen, die ich kannte, lieferten pro Riegel genügend Kalorien, um einen Menschen mehrere Tage lang zu versorgen. Der große Happen, den ich geschluckt hatte, sollte für annähernd einen Tag reichen. Ich zählte die Riegel. Es waren sechs – nein, sechs und einer, der noch zu zwei Dritteln intakt war. Bei drei oder vier Tagen pro Riegel konnte ich zwanzig bis siebenundzwanzig Tage durchhalten. Also würde ich tatsächlich eher ersticken als verhungern, sofern ich nicht schon vorher an den Riegeln starb. Man musste ja immer das Positive sehen.

Der Manti erschien wieder im Fenster der Luke.

»Könnten Sie den Kanister noch einmal auffüllen?«, fragte ich. »Oder könnte ich sogar mehrere Kanister mitnehmen? Je größer, desto besser.«

»Nein«, antwortete er.

Wie bitte?

»Je mehr ich bekomme, desto länger überlebe ich.«

»Unser Ingenieur hat berechnet, dass wir Sie zu Ihren Leuten transportieren können«, erklärte er.

Oh, wie schön. »Das ist wundervoll.« Ich strahlte. »Wie ist Ihr Plan? Wollen Sie einen Frachtraum versiegeln oder so?«

»Ich bin angewiesen, Ihnen zu sagen, dass Sie das Geschirr an der Außenhülle des Schiffs befestigen sollen«, antwortete er. »Das Antiträgheitsfeld reicht weit genug über die Außenhülle hinaus, um auch Ihre Sicherheit zu gewährleisten.«

Der machte schon wieder Witze. Aber diese Käfer hatten keinerlei Humor.

»Also wollen Sie mich auf die Schiffshülle kleben wie ein totes Tier?«

Es dauerte eine Weile, bis ich überzeugt war, aber schließlich zog ich an der Sicherungsleine und holte die große Metalltür heran, die mir fast eine Woche lang als Rettungsfloß gedient hatte. Ich band Quinn los und stieß die Metalltür weg vom Schiff in den freien Raum. Dann suchte ich mir eine Stelle, wo mehrere große externe Leitungen zusammenliefen und eine Nische bildeten, die an drei Seiten geschützt war. In diesen Alkoven schob ich Quinns Leiche und zurrte ihn mit der Sicherheitsleine fest.

Anscheinend war das Schiff weitgehend symmetrisch konstruiert, daher zog ich mich an der Außenhülle entlang zur anderen Seite, wo ich eine zweite Nische fand. Ich band mich fest und informierte den Manti, dass ich bereit war.

Die Sterne wanderten zum Heck des Schiffs. Je näher und heller sie waren, desto schneller flogen wir. Die fernen und trüben Sterne bewegten sich überhaupt nicht. Wir waren unterwegs.

3

Die nächsten Tage in der Nische fühlten sich, so seltsam es war, ganz ähnlich an wie die vorherigen Tage auf der großen Tür. Aber wenigstens hatte ich jetzt Hoffnung.

Die Gefahr, zu verhungern, zu verdursten oder zu ersticken, war der unangenehmen Gewissheit gewichen, dass ich meinen knurrenden Magen nur besänftigen konnte, indem ich mich dem Vakuum des Weltraums aussetzte. Jedes Mal, wenn ich etwas gegessen hatte, dauerte es Stunden, bis die Kopfschmerzen abklangen.

Die Manti waren nicht bereit, sich weiter mit mir zu unterhalten. Trotzdem funkte ich sie beharrlich weiterhin an.

Die Langeweile war unerträglich. Wenigstens das hatte sich nicht verändert. Ich spielte oft mit den selbst gebauten Würfeln. Im Kopf rechnete ich alles zusammen und am Ende des dritten Tages lag ich mit fast achtzehntausend Credits vorn. Allerdings war ich nicht ganz sicher, ob ich es richtig anfing, denn ich kannte nur die Grundzüge des Spiels. Jedenfalls half es dabei, mir die Zeit zu vertreiben. Ich stellte mir vor, was ich mit den eingebildeten Credits tun würde, und malte mir ausführlich alle möglichen abenteuerlichen Dinge aus, die ich beim Einkaufen erleben würde.

Eine Woche kam und verging auf dem Schiff der Manti. Ich blieb die ganze Zeit sicher angeschnallt in meiner Nische. Von den Notrationen waren noch mehr als genug vorhanden, aber der Wasservorrat war auf weniger als dreißig Prozent geschrumpft. Ich öffnete einen Funkkanal und bat um mehr Wasser. Etwa eine Stunde später beorderte mich einer von ihnen zur Schleuse. Ich betrachtete die Sterne. Sie wurden nicht langsamer.

»Das Schiff bremst nicht ab«, sagte ich.

»Es besteht nicht die Absicht, das Schiff anzuhalten«, antwortete die Stimme.

»Kann ich denn bei dieser Geschwindigkeit hinüberklettern?«

»Ja«, lautete die knappe Antwort.

»Also sagen Sie mir jetzt, dass ich mich die ganze letzte Woche freiwillig eingeschränkt habe, obwohl das überhaupt nicht nötig gewesen wäre? Ich hätte mich die ganze Zeit frei bewegen können?«

»Ja«, sagte der Manti noch einmal. »Wie schon mitgeteilt, erstreckt sich das Antiträgheitsfeld über das Schiff hinaus.«

Wie schön! Das hätte ich gern schon vor einer Woche gewusst.

Während ich mich zur Außentür zog, zitterten mir die Arme. Muskelschwund. Ich musste mir unbedingt ein paar Übungen ausdenken, um das lange Fehlen der Schwerkraft auszugleichen. Da ich jetzt wusste, dass ich mich frei bewegen konnte, sollte dies nicht allzu schwierig werden.

Als ich die Luke erreichte, war ein Manti am Fenster, der Kanister stand schon bereit. Die Innentür der Schleuse war verschlossen. Ein Griff zum Hebel und die Außentür ging auf. Ich verband meinen Anzug mit dem Behälter und füllte den Wasservorrat auf.

»Danke«, sagte ich.
Der Manti nickte. Ich nickte zurück. »He, haben Sie mir gerade zugenickt?«, fragte ich.
»Ja«, bestätigte der Manti.
»Ach ... bedeutet diese Geste für Sie das Gleiche wie für mich?«
»In diesem Fall war es die Kenntnisnahme der Dankbarkeit eines anderen Wesens«, antwortete er.
»Ja«, erwiderte ich. »Genau das dachte ich mir.« *Interessant.*
Der Manti fixierte mich mit seinen Insektenaugen. »Wäre das alles?«
»Ja«, sagte ich. *Ich denke schon.*

In meiner Jugend war ich manchmal in einem alten Auto mitgefahren, das mein Onkel restauriert hatte. Ich glaube, es war ein Chevy. Einmal, als wir standen, kroch eine kleine Spinne über die Motorhaube. Sobald wir weiterfuhren, hörte sie auf zu krabbeln und verharrte reglos. Wir fuhren schneller und ich dachte, sie müsste jeden Moment weggeweht werden, aber das geschah nicht. Sie klammerte sich fest und blieb mit dem Körper dicht über der Motorhaube. Irgendwann bogen wir auf den Freeway ein und fuhren mit Höchstgeschwindigkeit nach Süden. Die Fahrt dauerte fast eine Stunde und die kleine Spinne hielt sich während der ganzen Fahrt eisern fest und rührte sich nicht. Als wir unser Ziel erreichten, richtete sich einfach auf und kroch weiter, um an der Kante der Motorhaube hinunterzuspringen und zu verschwinden.
Jetzt fühlte ich mich wie diese Spinne. Ich lebte außerhalb des Raumschiffs und raste durch den Weltraum. Die Spinne hätte sich wenigstens noch unter die Motorhaube ver-

kriechen können. Ich dagegen hatte nur meine kleine Nische.
Langsam zog ich mich über das Schiff und glitt am ganzen Rumpf entlang. Dabei wich ich Fenstern oder Bullaugen aus. Dann arbeitete ich mich ein paar Meter quer zur Flugrichtung vor und kroch am ganzen Rumpf zurück. Auf diese Weise konnte ich innerhalb von fünfundvierzig Minuten das ganze Schiff umrunden. Ich wiederholte den Spaziergang, beschloss dann aber, anzuhalten und mir unterwegs verschiedene Dinge anzusehen, um ganz bewusst so viel Zeit wie möglich verstreichen zu lassen.
Irgendwann erreichte ich eine große Ansammlung von Modulen, die ich sofort einordnen konnte – sie waren entweder für das Sonnenlicht gedacht oder es handelte sich um elektromagnetische Kollektoren, die ein breiteres Spektrum einfingen. Die Anordnung der Solarzellen begann im Zentrum, die Elemente waren Zelle für Zelle in Reihe geschaltet und auswärts in Spiralen montiert. Diese Konfiguration war gar nicht so eigenartig, unterschied sich aber von den in Reihen angeordneten Zellen der terranischen Solarmodule. Ich inspizierte jeden Zentimeter des Kollektors und dachte über die Gründe für die Unterschiede nach. Nur zum Vergnügen erfand ich die verrücktesten Annahmen.
Dann kroch ich weiter auf dem Schiff herum. Wenn ich eine Vorrichtung nicht erkannte, untersuchte ich sie besonders gründlich und versuchte zu bestimmen, welchem Zweck sie möglicherweise diente. Was ich einordnen konnte, betrachtete ich besonders genau, um die Unterschiede zu ermitteln und anschließend über die Gründe dafür zu spekulieren.
Ich las das Äußere des Schiffs, wie ein alter Schamane viel-

leicht die Höcker auf dem Gehirn eines Kranken gelesen haben mochte.
Dies wurde meine neue Lieblingsbeschäftigung, eine Übung für Geist und Körper. Ich unterteilte das Schiff in zehn Segmente wie eine der Länge nach geteilte Gewürzgurke und entschied, dass der Weg hin und zurück über alle Abschnitte als eine volle Umrundung des Schiffs zählen sollte. Fortan gingen die neugierigen Erkundungen zudem mit Aerobicübungen einher. Ein Sensorenbündel untersuchen, eine Runde machen, ein Solarmodul betrachten, eine Runde machen, eine besonders interessante Kupplung ansehen, eine Runde machen. Und so weiter.

An einem besonders ereignisreichen Nachmittag bemerkte ich während der Inspektion des Schiffs am Ende einer Stabilisierungsrippe eine sehr dünne Antenne (oder jedenfalls hielt ich das Ding für eine Antenne). Der höchste Teil der Rippe stand mindestens vier Meter vom Schiff ab.
Nachdem ich weit genug hinausgeklettert war, um mir das Objekt genauer anzusehen, entschied ich, dass es sich um einen Gravitationssensor handeln musste.
Ich sah mich um. So weit hatte ich mich noch nie vom Schiff entfernt. Auf einmal verspürte ich den Impuls, mich zu strecken und die vorbeirauschenden Sterne anzutippen. Mir fiel ein Zeichentrickfilm mit einem Kaninchen in einer Rakete ein, das mit der Pfote durch eine Wolke aus Sternenstaub fuhr.
Langsam streckte ich mich. Die Finger kribbelten, als wäre mir die Hand eingeschlafen. Sofort hielt ich inne. Ich spürte einen leichten Sog oder einen Druck an den Fingern, als strömte mir Wasser über die Hand.

»Terraner! Terraner!«, dröhnte es in meinem Headset. Es war der Manti, wer sonst.
»Kehren Sie sofort zum Schiff zurück«, sagte er.
Ich zog die Hand zurück und stieg hinunter.
»War ich in Gefahr?«, fragte ich.
»Allerdings«, bestätigte die Stimme. »Beinahe hätten Sie das Antiträgheitsfeld durchbrochen. Das hätten Sie nicht überlebt.«
Oh. Nicht gut.
Merken: Keine Klettertouren mehr auf dieser Expedition.

Während der nächsten fünf Tage entwickelten sich gewisse Gewohnheiten: schlafen, Runden um das Schiff, Inspektionen und weitere Runden. Mittagessen, dann ein Nickerchen, bis die Nebenwirkungen des Vakuums nachließen, später noch ein paar Runden und Inspektionen und dann der Abend mit verschiedenen Würfelspielen, die ich selbst erfunden hatte, bis der Tag ausklang. Inzwischen verfügte ich über ein Guthaben von zweiundsechzigtausend Credits, obwohl ich zwei Tage lang ständig verloren hatte.
Es wurde Zeit, den Wassertank aufzufüllen. Ich nahm mit den Manti Verbindung auf und fand mich bald danach an der Schleuse ein, um den Vorrat zu ergänzen.
Der Manti bot mir neue Notrationen an, die ich jedoch ablehnte. Ich sagte ihm, ich hätte noch nicht einmal die Hälfte der ersten Zuteilung verzehrt. Der Manti informierte mich darüber, dass er von jetzt an allein für meine Bedürfnisse verantwortlich sei. Ich würde nicht mehr mit den anderen Crewmitgliedern sprechen.
»Sind Sie denn nicht die Person, mit der ich bisher immer am Fenster gesprochen habe? Wollen Sie mir sagen, es sei

jemand anders gewesen?«, fragte ich. Bis zu diesem Zeitpunkt hatte ich angenommen, ich sei am Sichtfenster immer demselben Manti begegnet.
»Nein«, antwortete er. »Ich glaube, Sie haben vor mir mit vier anderen Besatzungsmitgliedern gesprochen.«
»Wirklich?« Ich war ehrlich überrascht. Als ich darüber nachdachte, kam mir meine Annahme jedoch albern vor, weil die Manti, wie die meisten Aliens, einander in meinen Augen sehr ähnlich waren.
»Ja. Beim letzten Mal hat Ihnen unser Arzt den Treibstoff gegeben. Direkt nach Ihrer Rettung haben Sie, glaube ich, mit dem Kapitän, dem Ersten Offizier und dem Kommunikationsoffizier gesprochen.«
»Wirklich?«, sagte ich noch einmal. »Dann waren es am ersten Tag drei verschiedene Leute? Das wusste ich gar nicht.«
»Ja«, bestätigte er.
»Aber von jetzt an sind es nur noch wir zwei, ja?«
»Richtig«, bestätigte er.
»Vielleicht sollten wir uns dann ein wenig kennenlernen, was?« Ich setzte ein Lächeln auf, auch wenn ich nicht sicher war, ob die Manti menschliche Gesichtsausdrücke überhaupt lesen konnten.
»Gern«, antwortete er.
»Wirklich? Ja, gut«, entgegnete ich etwas verblüfft. Ich hatte damit gerechnet, so schnell abgewiesen zu werden wie immer. »Wie wäre es, wenn wir uns zunächst vorstellen? Ich bin Roman Briggs«, erklärte ich und legte die flache Hand auf meine Brust. »Alle nennen mich nur Briggs.« Dann streckte ich dem Manti die Hand entgegen.
»Das kann nicht übersetzt werden«, antwortete er. »Wie lauten Ihr Titel und Ihr Rang?«

»Oh, ja. Eigentlich habe ich keinen Rang oder Titel. Ich bin nur ein Elektrotechniker.« Dann ergänzte ich: »Ah, aber meine Besoldungsgruppe ist Tech vier, wenn Ihnen das hilft.«

»Das lässt sich übersetzen, Tech vier«, antwortete er.

»Und Sie? Wie darf ich Sie nennen?«, fragte ich.

»Steward eins«, erklärte er.

»Dann heißen Sie Steward?«

»Nein«, widersprach er. »Das sind mein Titel und mein Rang. Ich bin der persönliche Steward des Ersten Offiziers, daher bin ich Steward eins.«

Es stellte sich heraus, dass er ein Mann war, auch wenn er mir erklärte, dass sich ihre Geschlechter äußerlich sehr ähnlich waren, sodass ein Außenstehender sie kaum auseinanderhalten konnte. Ein kleiner Unterschied, auf den er mich hinwies, war ein zusätzlicher Finger am oberen Ende des Unterarms in der Armbeuge. Er hob den Arm, damit ich es sehen konnte, und wackelte mit dem etwa fünfzehn Zentimeter langen Finger. Dann erklärte er mir die wichtigsten physischen Charakteristika, mit denen man die Manti voneinander unterscheiden konnte. Es hatte vor allem mit leicht unterschiedlichen Brauntönen und der abweichenden Beschaffenheit von Oberkörper und Bauch zu tun.

In meinen Augen sah Steward allerdings einheitlich braun aus.

Vielleicht war er tatsächlich nur einfarbig.

An diesem Punkt fand unsere Unterhaltung ein jähes Ende, denn er wurde zurück an die Arbeit gerufen. Ich nahm mir vor, das nächste Mal schon bei fünfzig statt bei dreißig Prozent den Wasservorrat zu ergänzen, da Steward offenbar daran interessiert war, mit mir zu reden.

4

Der nächste Tag war ein großer Tag für mich. Als ich aus dem Mittagsschlaf erwacht war, erfand ich ein neues Spiel. Nachdem ich mir einen Abschnitt des Schiffs vorgenommen hatte, warf ich die Würfel und gab mir zehn Minuten Zeit, um auf der Schiffshülle eine Gruppe von Objekten zu finden, die der gewürfelten Augenzahl entsprach. Beim ersten Mal warf ich eine Drei. Das war leicht. Ich ging direkt zu den Solarmodulen und tippte der Reihe nach auf die drei großen Platten, weil die Aufgabe erst abgeschlossen war, wenn ich die betreffenden Objekte berührt hatte. Der nächste Wurf war eine Acht. Vier Minuten später entdeckte ich einen kleinen Bereich mit acht gebündelten Leitungen. Beim dritten Mal war es eine Elf, die ich in der Frist von zehn Minuten nicht finden konnte. Ich beschloss, ein wenig Nachsicht zu üben, weil ich das Spiel erst lernen musste, und unternahm einen zweiten Versuch. Schließlich fand ich einen Abschnitt der Außenverkleidung, der mit zwölf Bolzen befestigt war. Einer war jedoch von einer Art Lüftungsklappe verdeckt, die im Augenblick offen stand. Ich legte den Fall dem Schiedsgericht in meinem Kopf vor, das beschloss, die Aufgabe sei erfüllt.

Puh, das war knapp.

Später an diesem Tag, als ich im neunten Abschnitt des Schiffs eine Gruppe von sieben Objekten suchte, kam ich an einem der größeren Fenster vorbei. In der Kabine brannte Licht, das Fenster glühte hell, als ich mich ihm näherte. Normalerweise mied ich die Räume, in denen sich offensichtlich jemand aufhielt. Mir wäre nicht wohl dabei gewesen, meine Retter heimlich zu beobachten. Aber nach der Unterhaltung mit Steward war ich neugierig, ob ich die feinen Unterschiede erkennen konnte, auf die er mich hingewiesen hatte.

Es war ein großer Gemeinschaftsraum, was meine Hemmungen in Bezug auf die Privatsphäre deutlich minderte.

Ich richtete mich im Schatten hinter einer Satellitenschüssel ein. Es war sowieso unwahrscheinlich, dass man mich aus dem Inneren des hell erleuchteten Raums überhaupt bemerkte, aber der zusätzliche Schatten gab mir ein Gefühl der Sicherheit, das ich brauchte. Ich überschritt eine Grenze, die mir in diesem Moment allerdings harmlos erschien, und so schob ich das Gefühl beiseite.

Anscheinend war es ein Freizeitraum der Crew. An mehreren Tischen standen Manti – offenbar benutzten sie keine Stühle. An einem der Tische waren fünf von ihnen mit einer Art Brettspiel beschäftigt. In einer Ecke waren große Kissen oder vielleicht Sitzsäcke aufgestapelt. Dort hatten es sich zwei Manti bequem gemacht und beobachteten etwas auf einem Tablet. In einem benachbarten Raum entdeckte ich etwas, das mir wie ein großer Spieltisch vorkam.

Konzentriert versuchte ich, die Unterschiede zu entdecken, die Steward mir beschrieben hatte, doch für mich sahen die Manti alle gleich aus. Abgestufte Brauntöne konnte ich nicht erkennen und die Muster, die Steward erwähnt hatte,

entgingen mir ganz und gar. In meinen Augen waren sie alle einheitlich braun.
Ich tippte auf das Armdisplay, rief das Menü des Visiers auf und aktivierte den Zoom. Bei manchen Manti war der zusätzliche Finger leicht zu finden, sodass ich das Geschlecht bestimmen konnte, was ich als Fortschritt empfand. Bei einigen entdeckte ich sogar etwas wie ein Muster, aber nur, wenn sie sehr still standen.
Es war nur selten nötig, die Filter des Visiers zu verändern, doch ich kannte mich mit der Bedienung aus. Nun richtete ich einen Kontrastfilter für einen Braunton ein, der dem Äußeren der Manti entsprach. Mithilfe einer berechneten Kurve veränderte ich den Kontrast und beobachtete dabei den Raum. Die Manti wurden dunkler, während alles andere gleich blieb. Ich schaltete den Filter ab und begann noch einmal, bis nur wenige Teile der Haut schattiert waren, während andere Bereiche heller dargestellt wurden. Jetzt konnte ich die Muster erkennen. Noch ein paar Feineinstellungen, und die Strukturen traten deutlich hervor.
Sie waren einzigartig. Die Zeichnungen unterschieden sich stark, es ging von Tigerstreifen bis zu Leopardenflecken, von komplizierten Strahlenbündeln bis zu willkürlich verteilten Punkten. Bei einem Manti dachte ich sogar an ein Batikmuster.
Stundenlang, bis lange nach meiner Schlafenszeit, beobachtete ich die Aliens.

Am nächsten Morgen fiel es mir schwer, mich auf die alltäglichen Übungen zu konzentrieren. Drei Runden, vier Runden, fünf Runden. Es war erstaunlich, wie mich das Beobachten der Manti berührt hatte. Mir war klar, dass dies vor allem

an meiner Einsamkeit lag. Sie hatten gar nicht viel getan, und doch fühlte ich mich stark zu ihrer Welt hingezogen.
Ich entschied, dass es nicht schaden konnte, die Manti weiter zu beobachten, solange ich mich von den Fenstern fernhielt, die möglicherweise zu privaten Quartieren gehörten. Inzwischen wusste ich dank meiner täglichen Spaziergänge, wo die großen Fenster und die öffentlichen Bereiche waren. So zog ich mich über das Schiff zum nächstgelegenen Fenster, richtete mich hinter einer dicken, hervorstehenden Leitung ein und schnallte mich an.
Ich spähte durch das Fenster, das für mich ein Portal in ihre Welt war. Mehrere Manti standen an Tischen, die an den Wänden entlang aufgereiht waren. Zwei befanden sich mit Tablet-Computern mitten im Raum und beaufsichtigten offenbar die anderen. In der Mitte jeden Tischs befand sich eine bunte, hell glühende Kugel, auf die sich die Arbeiter konzentrierten. Links und rechts neben den Kugeln blieb Platz für lange Tastaturen, die perfekt zu den Unterarmen der Manti passten.
Auch nach mehreren Stunden Beobachtung hatte ich keine Ahnung, was in dem Raum vor sich ging. Flogen sie das Schiff, bedienten sie die Kommunikationseinrichtungen, entschlüsselten sie streng geheime Daten oder waren dort nur ein paar außerirdische Sekretärinnen bei der Arbeit? Waren die beiden mit den Tablets der Kapitän und der Erste Offizier oder nur die Büroleiter?

Später an diesem Abend entdeckte ich die Messe des Schiffs. Es war das erste Mal, dass ich die Aliens etwas essen sah. Die Art und Weise, wie sie das Essen zubereiteten und zu sich nahmen, kam mir wie ein Ritual vor. Eher wie eine alte

japanische Teezeremonie und nicht wie eine gemeinsam eingenommene Mahlzeit.
Alle kamen mit identisch bestückten Tabletts aus einem rückwärtigen Raum, bei dem es sich wohl um die Küche handelte, zu den Esstischen. Auf jedem Tablett sah ich ein kleines Handtuch, drei Glasbehälter mit braunen, gelben und durchsichtigen Flüssigkeiten und zwei kleine Schalen. Eine war leer, die andere enthielt mehrere zubereitete Nahrungsbrocken. Die feste Nahrung war das Einzige, was sich auf den Tabletts unterschied. Manchmal erinnerte sie an Tofu, dann wieder an gewürfeltes Gemüse oder sie war fast weiß wie irgendein sehr helles Blattgemüse.
Ein männlicher Manti legte das Handtuch auf den Tisch und strich es sorgfältig und konzentriert glatt. Anschließend stellte er alle Behälter und Schalen vom Tablett auf das Handtuch. Jedes Teil kam an einen vorbestimmten Platz. Er goss ein wenig von der gelben Flüssigkeit in die leere Schale und gab einen Tofuwürfel und etwas hellgrünes Gemüse dazu. Die Flüssigkeit wallte auf, das Essen wirbelte darin herum und verströmte ein sichtbares Gas, als rauchte es.
Mithilfe des Zooms in meinem Visier sah ich es mir genauer an.
Ein paar Sekunden lang blubberte und rauchte das Gericht, bis der Essenswürfel verschwunden war oder sich in der Flüssigkeit aufgelöst hatte. Nun kippte der Manti ein wenig von der braunen Flüssigkeit in die Schale, worauf jegliche Aktivität schlagartig aufhörte. Langsam hob er die Schale und trank den Inhalt aus.
Dieser Vorgang wiederholte sich, bis alle Würfel verzehrt waren. Das Abwaschen des Geschirrs verlief mit der gleichen Andacht wie die Zubereitung.

Es gab einen Raum, der größer war als das Büro der Sekretärinnen, aber kleiner als die Messe. In drei Ecken waren Sitzsäcke oder Kissen aufgetürmt. Weitere Sitzsäcke waren im Kreis ausgelegt und ein einzelner befand sich in der Mitte des Kreises.

Abgesehen von einer weiblichen Manti, die auf dem Sitzsack in der Mitte ruhte, war der Raum leer. So seltsam es klingen mochte, sie pustete Blasen in einen großen Topf mit Wasser – nein, wahrscheinlich handelte es sich um flüssiges Methan. Sie hatte sich eine Art Tauchermaske vor den Mund geschnallt. Von der Maske verlief ein Schlauch zum Topf; sie hatte nicht nur den Schlauch, sondern auch die Hand in die Flüssigkeit getaucht. Ich stellte den Zoom größer und erkannte oben in der Maske zwei Ventile, die sich öffneten, wenn sie einatmete, um sich beim Ausatmen zu schließen. Bei jedem Ausatmen blubberten die Blasen im Topf.

Ich musste daran denken, wie ich als Kind solche Blasen gemacht hatte.

»Hör auf damit«, sagte ich laut, obwohl mich niemand hören konnte. »Weißt du denn nicht, dass man nicht mit der Milch blubbern darf?«, fuhr ich übertrieben spöttisch fort. Teufel, warum eigentlich nicht? Als ob es jemandem wehtat, wenn man die Milch blubbern ließ.

Ich hatte es nie verstanden. Vermutlich ging es den Eltern einfach auf die Nerven. Ich musste kichern.

Schließlich zog ich mich zum Schlafen zurück, obwohl ich keinen Schimmer hatte, was Bubbles da tat.

Nicht die leiseste Ahnung.

5

Am nächsten Tag, als ich die morgendlichen Runden zur Hälfte absolviert hatte, schlug mein Com-System an.

»Tech vier«, ließ sich die Roboterstimme von Stewards Übersetzungsprogramm vernehmen.

»Ich bin da«, meldete ich mich. »Was gibt es, Steward?« Meine nächste Ration war eigentlich erst in einigen Tagen fällig.

»Wissen Sie, wo sich der Freizeitraum der Crew befindet?«, fragte Steward. »Es ist ein großer Versammlungsraum.«

Dort hatte ich zum ersten Mal die Manti aus der Nähe beobachtet. Hatte mich an diesem Abend jemand bemerkt?

»Ja«, bestätigte ich. »Kriege ich Ärger?«

Kriege ich Ärger? Du meine Güte, wie alt war ich denn? Elf?

»Nein. Können wir uns dort treffen?«

»Jetzt gleich?«, fragte ich.

»Jetzt gleich«, bekräftigte er.

Ich zog mich um das Schiff herum und an der Außenhülle entlang, bis ich das große Fenster des Freizeitraums erreichte. Steward stand schon an einem Tisch am Fenster und sah zu mir heraus. Ich schwebte näher, bis ich direkt vor ihm war, und schnallte mich fest.

»Also kriege ich keinen Ärger?«, fragte ich vorsichtshalber noch einmal.
»Nein«, erwiderte er. »Warum fragen Sie?«
»Einfach so«, log ich.
Ich fürchtete lediglich, jemand könnte sich aufregen, weil ich die Manti ausspioniert hatte. Das war alles.
Unsicher lächelte ich. »Was wollen Sie denn von mir?«
Steward neigte leicht den Kopf. »Möchten Sie denn heute nicht plaudern?«
Ich stieß ein kurzes Lachen aus. »Unbedingt. Haben Sie mich deshalb hierher gerufen?«
»Ja«, bestätigte er. »Unser Schiffsarzt hat erkannt, dass die Terraner nicht gut funktionieren, wenn sie einsam sind.«
»Ach, wirklich?«, gab ich zurück.
»Deshalb hat man mich gebeten, mit Ihnen zu plaudern, soweit es meine anderen Pflichten erlauben«, erklärte Steward.
»Mann, das ist freundlich von Ihnen. Das trägt viel dazu bei, dass ich nicht den Verstand verliere.«
»Der Kapitän will sich nicht vorwerfen lassen, Ihre Bedürfnisse vernachlässigt zu haben, wenn wir Sie zu Ihren Leuten zurückbringen.«
»Also ...«, setzte ich an. »Das ist sehr umsichtig.«
Wir schwiegen einen Moment. Mir brannten tausend Fragen auf der Zunge, aber ich hatte Hemmungen, Steward sofort damit zu behelligen.
Wieder neigte er den Kopf. »Worüber sollen wir denn reden?«
»Ich weiß nicht«, gestand ich, obwohl ich es gar nicht erwarten konnte, meine Fragen loszuwerden. »Fällt Ihnen etwas Bestimmtes ein?«
»Shakespeare«, sagte er sofort.

Ich musste laut lachen.
Gleich darauf musste ich zugeben, dass ich nichts über Shakespeare wusste. Trotzdem willigte ich ein.
Wie sich jedoch herausstellte, wusste ich erheblich mehr, als mir selbst bewusst war. Ich hatte in der Schule zwei seiner Schauspiele gelesen und zwei weitere im Theater gesehen, auch wenn es, wie ich gestehen muss, nur widerwillig geschehen war. Überraschenderweise hatte ich mehr Wissen und Ansichten behalten, als ich es selbst für möglich gehalten hätte. Außerdem wurde mir erst während des Gesprächs bewusst, welch hohen Stellenwert Shakespeare in meiner Kultur besaß. Es war praktisch unmöglich, nichts über ihn zu wissen und keine Ansichten über ihn zu haben. Infolgedessen führten wir ein viel umfassenderes Gespräch, als ich es mir zugetraut hätte.
Wer hätte das gedacht?
Sicher, ein großer Teil der Unterhaltung bestand aus vielschichtigen Erläuterungen zum Gefühlsleben und zur Kultur der Menschen, die zu verstehen Steward mitunter schwerfiel. Doch die Zeit verging wie im Fluge, und auf einmal stellte ich fest, dass wir beinahe drei Stunden geredet hatten. Steward musste das Gespräch beenden, um zu Bett zu gehen, oder um »einen optimalen Schlafzyklus zu gewährleisten«, wie er sich ausdrückte. Er sagte mir, er wolle sich wieder mit mir in Verbindung setzen, wenn am folgenden Tag sein Arbeitszyklus beendet sei, und fügte hinzu, dieses Fenster sei von nun an unser Treffpunkt für alle folgenden Gespräche.

6

Nach dem Austausch mit Steward war es mir peinlich, die Aliens im Freizeitraum weiter zu beobachten, während ich so dicht vor das Fenster geschnallt war. Zwar hatte ich das Gefühl, dass die Manti nicht im gleichen Maße die menschlichen Vorstellungen von der Privatsphäre teilten, aber das seltsame Gefühl konnte ich trotzdem nicht abschütteln. Wenn ich sie schon beobachten wollte, dann hielt ich es für besser, im Hintergrund zu bleiben. Irgendwie war ich mir auch nicht ganz sicher, ob ich mich tatsächlich mies fühlen sollte, wenn ich sie beobachtete. War es ihnen egal oder störte es sie? Ich konnte Steward fragen, aber dann sagte er mir womöglich, ich sollte es lassen. Dieses Risiko ging ich lieber nicht ein. Also blieb ich im Schatten und redete mir ein, ich würde schon nicht unangenehm auffallen.

Ich löste mich vom Schiff und stieß mich an der Hülle entlang. Etwa zehn Meter weiter war ein beleuchtetes Fenster, dem ich mich bisher noch nicht genähert hatte. Da es kleiner war, hatte ich es bisher gemieden. Aber nachdem ich mir gerade neue Freiheiten gewährt hatte, beschloss ich, einen Blick zu riskieren.

Es war ein kleiner Raum, in dem sich nur ein einziger weiblicher Manti befand. Ich konnte sofort erkennen, dass es sich um ihr privates Quartier handelte. Auf einem Tisch stand eine der kugelförmigen Workstations. In einer anderen Ecke lag ein großer Sitzsack. Es war nichts zu entdecken, was als Bett dienen konnte. Mir fiel ein, dass sie möglicherweise auch auf den Sitzsäcken schliefen, auf denen sie sich sonst ausruhten. Das Einzige, was ich nicht sofort einordnen konnte, war ein Eimer, der an der Decke hing – oder jedenfalls war dies die beste Beschreibung, die mir auf den ersten Blick einfallen wollte.

Die Manti arbeitete rings um die Workstation mit einem Gerät, das ich als kleinen Staubsauger identifizierte. Sie fuhr damit über den Tisch, über die Kugel und die langen Keyboards und dann an den Tischbeinen auf und ab. Anschließend begann sie wieder von vorne, zog sich einige Schritte zurück, neigte den Kopf und starrte geschlagene zehn Sekunden lang die Workstation an. Danach bearbeitete sie den Tisch zum dritten Mal mit dem Staubsauger.

Lady, ich glaube, es ist sauber.

Glücklicherweise verstaute sie nach der vierten Putzaktion den Staubsauger neben dem Tisch in einem Fach.

Ich war froh, dass es vorbei war.

Dann ging sie zum Sitzsack, hielt jedoch auf halbem Weg inne.

Ist es wirklich sauber? Ich glaubte, den inneren Konflikt zu hören. *Habe ich wirklich alles gesäubert? Ja, ich bin sicher, ich …*

Sie drehte sich um und betrachtete die Workstation.

Wenn ich nun aber etwas übersehen habe?

In diesem Moment musste ich an die Naturdokus denken, die ich als Kind gesehen hatte. Der unsichtbare Erzähler hatte so getan, als steckte er im Kopf des kleinen Otters. Nur, dass ich jetzt statt eines Otterkindes eine Manti hatte,

die nicht im Schnee spielte, sondern mit nervenaufreibender Zwanghaftigkeit ihr Quartier säuberte.
Tu das nicht, Lady.
Abrupt drehte sie sich um.
Ach, vergiss es.
Als ich endlich das Fenster des Putzteufels verließ, hatte sie jeden Quadratzentimeter ihrer Kabine mehrmals gründlich gereinigt. Sie hatte die Workstation zu Tode gesaugt, den Teppich gereinigt, die Schränke und Wände abgewischt, den Boden mit einer Art Seifenriegel und einem Handtuch gewienert. Jeden Reinigungsgang hatte sie mindestens einmal, gewöhnlich aber vier- bis fünfmal wiederholt.
Nachdem ich sie eine Stunde lang beobachtet hatte, erkannte ich auch den Zweck des aufgehängten Eimers. Es war ein Waschbecken. Bei dem Seil, an dem er hing, handelte es sich offenbar um einen biegsamen Schlauch, der das Methan hineinbeförderte. Wie das Ding geleert wurde, konnte ich allerdings nicht erkennen. Hätte ich raten müssen, dann hätte ich auf einen Absaugschlauch getippt, der ebenfalls in der Aufhängung steckte.

Da ich entschlossen war, meinen Übungsplan zu befolgen, machte ich ein paar Runden um das Schiff. Während ich mich an der Hülle entlangzog, bemerkte ich mehrere beleuchtete Fenster, doch ich riss mich zusammen und sagte mir, ich könne als Belohnung für die vollendeten Runden später hineinschauen.
Sobald ich fertig war, suchte ich mir ein neues Fenster, richtete mich ein und beobachtete, was drinnen vor sich ging.
Es war ein großer Raum. Hätte ich nicht das Privatquartier der kleinen Frau Saubermann gesehen, dann hätte ich

dies für einen öffentlichen Bereich gehalten. Doch trotz der Größe verfügte der Raum über die gleiche Einrichtung wie die kleinen privaten Quartiere. Es gab mehr Tische, Regale und Sitzsäcke, und die Workstation kam mir komplizierter vor, außerdem entdeckte ich einige Schmuckgegenstände und sogar (sieh an, sieh an) gleich zwei hängende Abflusseimer. War es das Privatquartier eines reichen Botschafters oder so etwas?

Bei einer Spezies, die keine Kleidung trug, konnte man Rang oder Klasse nur schwer erkennen. Der Manti, der dort wohnte, konnte irgendwer sein. Nur die nette Bude verriet, dass er etwas Besonderes darstellte.

Er stand am Tisch, vor ihm lag ein Dolch auf einem Handtuch. Dieser Dolch war recht hübsch, beinahe wie ein schönes Ausstellungsstück, und sah keineswegs nach einer Waffe aus, die man tatsächlich einsetzen konnte. Er war mehr als dreißig Zentimeter lang, doch den größten Teil der Länge nahm der Griff ein. Die Klinge war nur halb so lang wie der Griff, was in meinen Augen ein seltsames Verhältnis war. Klinge, Parierstange und Knauf waren mit Schnitzereien verziert, die eine Inschrift sein mochten, auch wenn sie nicht den Schriftzeichen der Manti ähnelte, die ich anderswo im Schiff gesehen hatte. Das Heft war mit schwarzem Leder umhüllt. Was auch immer es war – um ein gewöhnliches Küchenmesser handelte es sich nicht.

Nur das Beste für den Botschafter.

Er wird doch nicht sein Steak damit schneiden?

Offensichtlich besaß der Dolch für ihn einen großen Wert. Andächtig hob er ihn hoch, tauchte ein kleines Handtuch in eine Schale mit einer weißen Paste und rieb leicht mit dem Tuch über die Klinge.

Er polierte sehr lange, säuberte ihn gewissenhaft und trug ein schützendes Öl auf.
Die Szene weckte liebevolle Erinnerungen an meinen Vater, dem ich als Kind oft zugesehen hatte, wie er seine alte Pistole gereinigt hatte. Es war eine Kimber 1911, die schon mein Ururgroßvater besessen hatte. Jetzt gehörte sie mir, sie verstaubte irgendwo auf der Erde in einem Lagerraum. Seit zehn Jahren hatte ich nicht mehr an die Waffe gedacht. Etwa eine Stunde später verließ ich den Botschafter, der immer noch sein schönes Messer mit Öl einrieb.

Am nächsten Morgen kam ich während meiner Runden wieder an dem Raum vorbei, in dem ich Bubbles beobachtet hatte – so nannte ich sie jetzt. Heute waren mehrere Manti dort, deshalb hatte man die Sitzsäcke anders angeordnet. Insgesamt standen etwa ein Dutzend Aliens in einem großen Kreis beisammen und hielten sich bei den Händen oder genauer gesagt bei den verschränkten Unterarmen. Sie taten anscheinend gar nichts – sie saßen nur stumm herum. Dann verrieten mir die Bewegungen, dass eine von ihnen sprach. Als ich mich auf sie konzentrierte, rührte sie sich nicht mehr. Während ich sie genauer betrachtete, sprach sie wieder. Irgendetwas Knappes und Abruptes. Soweit ich es erkennen konnte, antwortete ihr niemand. Eine Minute verging, dann bewegten sich die Mandibeln wieder einen Moment lang.
Was war das? Leitete sie eine Gebetsrunde?
Ich zoomte hinein, bis das Bild der sprechenden Manti mein Gesichtsfeld ausfüllte. Wieder sprach sie. Dieses Mal erfasste ich aber auch kleine Bewegungen der Unterarme. Mit den spitzen Fingerknochen, die an Krustentiere erinnerten,

tippte sie auf den Unterarm des Manti, der neben ihr saß. Ich zoomte etwas heraus und wartete. Abermals sprach sie und wieder tippte sie, doch nun erkannte ich, dass sie es mit beiden Armen gleichzeitig tat.
Daraufhin zoomte ich noch weiter heraus, bis ich den ganzen Kreis überblicken konnte, und wartete. Nachdem sie das nächste Mal gesprochen hatte, entstand eine kleine, fast unmerkliche Bewegung, die mit ihrem Tippen begann und sich wie eine Welle oder ein Gekräusel fortsetzte, während ein Manti den nächsten antippte. Es endete mit demjenigen, der ihr gegenübersaß.
So ging es in dem Kreis weiter. Die Sprecherin ergriff kurz das Wort und tippte. Die anderen gaben das Tippen zum Ende weiter, dann legten sie eine kleine Pause ein und der Vorgang wiederholte sich.
Ja, offensichtlich war es eine Art Lagerfeuerspiel.
Wieder sprach sie und tippte danach.
»Ich mache jetzt auch Campingurlaub«, sagte ich laut. »Und ich präsentiere euch ein Trommelsolo von Keith Moon, dem Drummer von The Who. Ba-da-bumm-bumm-ba.«
Ich lächelte.
Dann fiel mir ein, dass ich meine Morgenrunde noch nicht beendet hatte, und löste die Sicherungshaken, um mich bis zur Ziellinie weiterzuziehen.

7

Kaum dass ich die letzte Runde beendet hatte, rief mich Steward zum Freizeitraum.

Gutes Timing.

Als ich das Fenster erreichte, legte er gerade mehrere mit Gravierungen verzierte Steine auf den Tisch.

»Hallo Steward«, begrüßte ich ihn.

»Hallo«, antwortete er.

»Was haben wir denn da?«, fragte ich.

»Das ist ein Spiel, das wir schon als Kinder lernen.« Er zeigte auf die Steine. »In gewisser Weise ähnelt es Ihrem Schachspiel.«

Drei lange und flache Streifen, die möglicherweise aus einer Art Holz bestanden, lagen im Abstand von einigen Zentimetern rechtwinklig zueinander. Auf diese Streifen verteilte Steward vorsichtig die kleinen geschnitzten Steine. Die Streifen waren gerade breit genug, um eine einzelne Reihe Spielfiguren aufzunehmen.

»Es ist ein Strategie- und Kriegsspiel«, erklärte er.

»Wie heißt es?«, fragte ich.

Die Antwort bestand aus Klicklauten und einem Summen, das sich nicht übersetzen ließ. Ich schüttelte den Kopf, um ihm zu zeigen, dass ich es nicht verstanden hatte.

Leichtes Nicken. »Sie können es *Drei Brücken* nennen.«
Er beugte sich vor und berührte mit den vordersten Fingern beider Arme je einen Holzstreifen. »Das hier sind die Brücken. Sie sind die Plattformen, auf denen die Steine platziert werden.« Er tippte auf einen kleinen Stapel hölzerner Murmeln. »Das sind die Felsbrocken. Und die hier ...« Er spreizte alle seine Finger und breitete die Arme über dem Spiel aus. »Das sind die Soldaten.«
Das Spiel war äußerst komplex, viel komplizierter als Schach. Es war, als müsste man ein Schachspiel auf einer einzigen Linie statt auf einem Brett spielen. Und als spielte man auf den drei Brücken drei Spiele gleichzeitig.
Das Ziel war es, beide Seiten einer Brücke zu kontrollieren. Sobald ein Spieler zwei Brücken unter seine Herrschaft gebracht hatte, konnte er sich zum Sieger erklären.
Achtundvierzig Soldaten und sieben Felsblöcke. Die Felsblöcke waren nicht einzigartig, dagegen konnte jeder Soldat verschiedene Bewegungen ausführen und in jeweils unterschiedlichen Situationen eingesetzt werden.
Es schien so, als brächte jeder Zug einen Nachteil mit sich. Gegen den Vorteil eines Zuges musste man die Strafe abwägen, die über die eigenen Steine verhängt wurde. Es war beispielsweise ein starker Zug, einen Felsblock zu platzieren. Der Felsblock konnte über jeden Soldaten rollen, vor dem er abgesetzt wurde. Die Strafe bestand dann darin, dass der Gegner irgendeinen anderen Felsbrocken in die andere Richtung rollen durfte. So war es äußerst wichtig, Bedingungen zu schaffen, unter denen der vom gegnerischen Zug verursachte Schaden möglichst gering blieb.
Beim ersten Mal dauerte das Spiel über zwei Stunden. Steward gewann natürlich, versicherte mir aber, wir könnten

in der gleichen Zeit mehrere Spiele beenden, sobald ich die Grundlagen begriffen hatte. Außerdem betonte er, dies sei eine sehr einfache Variante des Spiels. Die Variante, die den Manti-Kindern vorbehalten war.

Das stärkt mein Selbstbewusstsein ungemein. Danke, Mann.

Als das Spiel vorbei war, packte Steward die Steine weg und sagte: »Ich habe noch etwas Zeit, die ich mit Ihnen verbringen kann. Worüber möchten Sie heute sprechen?«

Statt ihm die Gelegenheit zu geben, mich in ein Gespräch über Beethoven oder noch Schlimmeres zu verwickeln, beschloss ich, ihn nach dem Lagerfeuergebet zu fragen, das ich vorher beobachtet hatte.

»Steward«, begann ich. »Ich habe heute etwas Seltsames beobachtet, das ich mir nicht ganz zusammenreimen kann.«

Interessiert neigte er den Kopf.

»Könnten Sie es mir erläutern?«, fragte ich. »Ich bin sehr neugierig.«

»Ja«, antwortete er. »Sagen Sie mir bitte, was Sie gesehen haben.«

Ich erzählte es ihm.

Daraufhin erklärte er: »Das war ein …« *Übersetzung nicht möglich.* Er hielt kurz inne. »Ein Geschichtenerzählen.«

»Eine Geschichte?«

»Ja«, bekräftigte er.

Na gut, allmählich begriff ich es.

»Was hatte das Tippen zu bedeuten?«

Keine Übersetzung. Er neigte den Kopf und überlegte. »Tastsprache.«

»Das war eine Sprache?«, fragte ich. »Haben sie sich wirklich durch das Tippen unterhalten?«

»Ja«, bestätigte Steward. »Es ist sehr alt. Viel älter als alle unsere gesprochenen Dialekte. Damit kann man viel umfassendere Gefühle ausdrücken als mit dem gesprochenen Wort.«

»Wirklich?«

»Ja«, fuhr er fort. »Ohne Tastsprache können die Geschichten nicht mit der notwendigen Tiefe erzählt werden.«

Er ließ mich wissen, dass es auf der Heimatwelt der Manti viele Dialekte gab. Laut der letzten Zählung waren es Zehntausende und jedes Jahr tauchten neue auf. Ungefähr vierhundert Jahre vor der Entdeckung des interstellaren Fluges hatten sie einen weltweiten Dialekt eingeführt, um die Kommunikationsschwierigkeiten zu überwinden. Die geschriebene und gesprochene Version dieser neuen Sprache wurde überall gelehrt und verbreitet. Allerdings war es, um die rasche Verbreitung zu fördern, eine abgespeckte Version, in der es nur die einfachsten Wörter und Sätze gab. Gerade genug, um Handel zu treiben und weltweit wissenschaftliche Erkenntnisse auszutauschen. So überwand ihr Planet die alten Unterteilungen und wurde im wahrsten Sinne des Wortes globalisiert.

Das Problem war, dass der neue weltweite Dialekt vieles nicht erfasste. Keine Emotionen, keine örtlichen Gebräuche, keine Erinnerungen und Träume.

Er erklärte mir weiter, das Tippen sei eine sehr alte Form der Kommunikation, die schon die Ersten seiner Art benutzt hätten. Man glaubte, diese Sprache sei entstanden, weil die Vorfahren sich während der Jagd lautlos austauschen wollten oder um zu kommunizieren, wenn der Wind, wie es auf ihrer Heimatwelt häufig vorkam, so laut heulte, dass man sich nicht mehr mit Worten verständigen konnte. Wie auch immer, die getippten Sätze waren zwangsläufig

kurz und knapp und so effizient wie möglich. Während sich die gesprochenen Dialekte veränderten, weil hier und dort ein Laut ausgelassen oder verschoben wurde, blieb die Tastsprache immer, wie sie war.
In dem Geschichtenkreis, dessen Zeuge ich geworden war, hatte die Sprecherin ein paar Worte im globalen Dialekt gesagt und die Worte tippend ergänzt, um die Bilder, die Gefühle und alles andere heraufzubeschwören, damit eine lebendige Geschichte entstand.
Er versuchte, mir die Tippzeichen für ein paar einfache Sätze zu zeigen, doch mir wurde schnell klar, dass ich diese Sprache nie würde lesen können – und gewiss nicht mit der Geschwindigkeit, die ich im Geschichtenkreis beobachtet hatte. Trotzdem nickte ich, als Steward mir die verschiedenen Sätze vorführte. Es war leichter, Verständnis zu heucheln, als eine extrem detaillierte und langweilige Erläuterung jeden Satzes über mich ergehen zu lassen.
Lange musste ich mich nicht verstellen. Kurz danach war Stewards Zeitrahmen erschöpft und ich saß allein am Fenster.

8

Die nächsten Wochen verliefen reibungslos.
Ich ergänzte meine tägliche Routine durch isometrische Übungen. Leicht war es nicht, aber mir war klar, dass die täglichen Runden nicht ausreichten. Ich spürte, wie meine Kräfte nachließen.
Nach und nach fielen die Spiele, mit denen ich mir die Zeit vertrieben hatte, aus der Alltagsroutine heraus. Wenn ich nicht trainierte oder mit Steward plauderte, beobachtete ich die Manti. Gelegentlich würfelte ich noch, aber das tat ich vor allem, um die Hände zu beschäftigen, während ich den Aliens zusah.
Die meisten Manti führten ein unauffälliges Leben – unauffällig jedenfalls für die Außerirdischen. Sobald ich ihren Tagesablauf einigermaßen durchschaut hatte, wurden sie rasch uninteressant für mich. So konzentrierte ich mich auf die außergewöhnlichen Exemplare.
Dazu zählte auch die Sauberkeitsfetischistin. Ich hielt es höchstens einen oder zwei Tage aus, bis ich wieder vorbeischaute und mich vergewisserte, wie sie zurechtkam. Es war interessant, sie zu beobachten, weil es keine Rolle spielte, dass sie kein Mensch war. Was ihr durch den Kopf ging, war so offensichtlich, als wäre sie mit Sprechblasen dekoriert.

Zwangsstörungen waren anscheinend etwas Universelles.
Der Botschafter war mein zweiter Liebling. Er empfing immer wieder verschiedene Einzelpersonen oder gab eine Party.
Die Sekretärinnen gingen wie gewohnt ihrer Arbeit nach. Gelegentlich beobachtete ich auch sie, obwohl dort im Grunde nie etwas passierte. Gut möglich, dass sie planten, den Jupiter zu kolonisieren oder sonst etwas. Aber sie kamen mir immer noch wie Sekretärinnen vor.
Ein Erlebnis hatte ich, das sich hoffentlich nie mehr wiederholen würde.
Ich beobachtete ein Paar im privaten Quartier. Sie hatten zwei Sitzsäcke nebeneinandergezogen, hielten sich entspannt bei den Armen und tippten mit den Fingern. Nach einer Weile standen sie auf und berührten sich, als wollten sie tanzen. Sie wackelten ein wenig hin und her. Es war kein Tanz, den ich kannte.
Dann dachte ich: Vielleicht paaren sie sich auf diese Weise. Schließlich waren sie ja insektenähnlich.
Sobald mir dieser Gedanke gekommen war, ließ er mich nicht mehr los. Und ich konnte die beiden nicht mehr betrachten und mir einreden, sie tanzten. Was ich zuerst für einen Scherz gehalten hatte, entwickelte sich zur Realität. Sie kopulierten. Ich war völlig sicher. Mein erster Impuls war es, den Gedanken zu verwerfen, weil es sich nicht gehörte, ihnen zuzusehen. Aber ich konnte es nicht verleugnen.
Ich erstarrte. Ich wollte nichts damit zu tun haben, konnte mich aber auch nicht bewegen, weil ich Angst hatte, bemerkt zu werden.
Peinlich.

Ich wartete, bis ich das Gefühl hatte, ungesehen fliehen zu können, und krabbelte eilig davon.
Bubbles war mir die Liebste. Ich hätte Steward jederzeit fragen können, was sie tat, aber das hätte der Situation den Zauber genommen. Sie machte Blasen in einem Topf. War das nicht reizend?
Sie war schwer zu erwischen. Wenn der Raum überhaupt benutzt wurde, traf ich meistens auf eine Geschichtenrunde.
Eines Tages war sie wieder da, doch dieses Mal war sie nicht allein. In dem Raum lagen viele Manti auf den Sitzsäcken im Halbkreis, und alle sahen Bubbles zu, wie sie ihr Ding machte.
Da fiel mir auf, dass von dem mit Flüssigkeit gefüllten Behälter eine Leitung zu etwas führte, das ich für einen großen Lautsprecher hielt. Erst jetzt wurde mir bewusst, dass sie ein Musikinstrument spielte, und ich verstand es endlich. Sie hatte geübt und trat nun vor Publikum auf. Ein Konzert.
Keine Ahnung, wie die Musik klang, aber ich entwickelte gewisse Vorstellungen. Die meisten Manti lauschten schweigend, einige wiegten sich hin und her. Die Bewegungen waren nicht willkürlich, sondern, wie ich zu erkennen glaubte, im Takt. Das half mir, in meiner Vorstellung das schöne Lied nachzuempfinden, das Bubbles spielte.

9

Ich wachte mit steifen Knochen auf. Inzwischen hatte ich mir angewöhnt, im Sitzen zu schlafen, wobei ich an den Leitungen in meiner Nische lehnte und die Beine vor mir ausgestreckt hatte. Natürlich war ich die ganze Zeit angeschnallt. Die steifen Glieder und die Schmerzen waren auf dieser Reise altbekannte Begleiter, an die ich mich gewöhnt hatte, aber an diesem Morgen war es besonders schlimm.

Ich löste die Sicherungsgurte, die den Anzug festhielten, und legte sie zur Seite. In der linken Schulter spürte ich ein Reißen.

»Ah!«, stöhnte ich. Ein pochender Schmerz bei jeder Bewegung, wenn der Rücken am Anzug rieb. Es war nicht nur die Schulter. Mehrere Bereiche, vor allem an den Gelenken, waren seit einer Woche wund.

Nicht gut.

Während ich die Übungen absolvierte, hielt ich mich den Fenstern so weit wie möglich fern. Das sparte ich mir als Belohnung für mich selbst auf. Wenn ich mich nicht beherrschte, beschränkte ich mich womöglich mehr und mehr auf das Beobachten und wurde immer inaktiver. Das wäre nicht gut für mich gewesen.

Als ich die Runde beendete, war ich nur ein paar Meter vom

Fenster des Putzteufels entfernt. Ich zog mich hinüber und spähte hinein.
Sie war da, ein Glücksfall. Ich war nicht sicher, welche Aufgaben sie auf dem Schiff hatte, aber außerhalb ihres Quartiers hatte ich sie bisher noch nie gesehen.
Heute war sie am kugelförmigen Computer. Sie stand völlig reglos da und konzentrierte sich auf die Kugel. Dann tippte sie mehrmals mit einem einzigen Finger auf die Tastatur, anschließend stand sie wieder reglos da. Schließlich tippte sie energischer. Ich sah eine Weile zu, während sie den Vorgang mehrmals zu wiederholen schien. Nach einer Weile öffnete ich das Interface meines Anzugs und zoomte heran, um es mir näher anzusehen.
Sie tippte immer wieder auf dieselbe Taste. Daraufhin beobachtete ich das kugelförmige Display. Mir war ganz und gar unverständlich, was sich dort abspielte. Völlig ungeordnet erschienen Buchstaben der Mantisprache. Soweit ich es erkennen konnte, standen sie nicht einmal in ordentlichen Reihen oder Spalten. Es war auch keine kreisförmige Struktur. Mir kamen sie ganz und gar willkürlich vor.
Wieder tippte sie mehrmals auf die Taste. Jetzt bemerkte ich, dass am äußeren Rand des Displays Zeichen verschwanden. Sobald sie ausgeblendet waren, wuchsen die anderen Zeichen, um den freien Raum zu füllen. Immer noch kam mir die Anordnung willkürlich vor.
Ich wartete darauf, dass sie wieder tippte. Jetzt schrumpfte der Text, der sich auf der Kugel befand, und machte Platz für neue Zeichen, die ringsherum ganz außen erschienen. Anscheinend las man das Display von innen nach außen und der Text füllte immer die Fläche aus und konnte schrumpfen oder wachsen, wenn es nötig war.

Nachdem sich der ganze Vorgang mehrmals wiederholt hatte, begriff ich, dass sie las, was sie geschrieben hatte, etwas löschte und die Gedanken neu formulierte. Beim siebten oder achten Mal tat sie etwas anderes und die Kugel leerte sich. Anscheinend hatte sie jetzt die E-Mail abgeschickt oder was auch immer sie geschrieben hatte.
Anschließend wandte sie sich ab und griff nach dem Putzwerkzeug.
O nein, jetzt geht es wieder los.
Ich hatte oft genug beobachtet, wie es ablief. Nachdem sie die Workstation gereinigt hatte, nahm sie sich systematisch alle anderen Bereiche in der Kabine vor. Irgendwann säuberte sie auch den Bereich um das Fenster, durch das ich sie beobachtete. Es käme jetzt als Nächstes an die Reihe. Im Moment wandte sie mir noch den Rücken zu.
Da fiel mir etwas ein. Ohne weiter nachzudenken, löste ich die Haken und schwebte direkt über dem Fenster. Dort öffnete ich den am Oberschenkel befestigten Werkzeugbeutel, holte die Schmierpistole heraus, quetschte mir einen Klecks auf den Finger und verteilte die Masse unten in einer Ecke auf dem Fenster. Ich trug die Schmiere nur dünn auf, es war ein kleiner, drei Zentimeter durchmessender Kreis. Die Substanz war durchsichtig, und wenn man hindurchsah, war das Glas dahinter ein wenig verzerrt. Ehe sie mich entdecken konnte, schoss ich – oder vielmehr schwebte ich eher unbeholfen – zu meinem Versteck zurück und ging in Deckung.
Wie vermutet, beendete sie die Arbeit im gegenwärtigen Bereich und nahm sich das Fenster vor. Als sie es das zweite Mal reinigte, riss sie den Kopf zurück und hielt schockiert inne. Sie hatte den Schmierfleck bemerkt. Sofort eilte sie

davon, holte sich ein neues Tuch und kehrte überstürzt zurück. Sie trug irgendetwas auf das Fenster auf und rieb eifrig über den Schmierfleck. Dann wich sie einen Schritt zurück, betrachtete mehrmals den Fleck, eilte erneut davon und kehrte mit einer anderen Flasche zurück, die vermutlich ein stärkeres Reinigungsmittel enthielt. Sie sprühte das Glas ein und rieb und rieb und rieb. Es nützte nichts.

Sie arbeitete so lange an dieser Stelle, dass ich mich abwandte, als sie sich abermals umdrehte und frische Vorräte holte. Ich schlich weg.

10

Steward wurde mir rasch ein echter Freund. Er hielt Wort und widmete mir, abgesehen davon, dass er mir Wasser und Proviant lieferte, jeden Tag fast drei Stunden. Die Zeit, die ich mit ihm verbrachte, trug, ehrlich gesagt, mehr als alles andere dazu bei, dass ich nicht verrückt wurde. Die Gespräche mit ihm waren eine Mischung aus einem Dialog mit einer künstlichen Intelligenz und den Vorhaltungen einer überlegenen Elternfigur. Insgesamt hatte ich aber den Eindruck, dass auch er es genoss, mit mir zu reden. Seine Eigenheiten musste ich eben nehmen, wie sie waren.

So entwickelte sich eine gewisse Routine zwischen Steward und mir. Jeden Tag spielten wir ein- oder zweimal *Drei Brücken*. Ich wurde ziemlich gut – das redete ich mir jedenfalls ein. Steward erinnerte mich allerdings daran, dass wir nach wie vor die einfachste Variante spielten. Wie sich herausstellte, konnte das Spiel um mehrere Größenordnungen komplexer werden. Über die Grundlagen kamen wir nicht hinaus, aber Steward erläuterte mir einige der komplizierteren Regeln. Wir benutzten nur siebenunddreißig Steine, es gab insgesamt jedoch vierhundertelf Soldaten, aus denen man wählen konnte. Außerdem gab es mehrere schwierige Erweiterungen. Unter anderem konnte ein Soldat von einer

Brücke zu einer anderen springen, wenn gewisse Voraussetzungen gegeben waren. Um zu verdeutlichen, wie kompliziert nur diese eine neue Regel war: Jeder Soldat hatte neun einzigartige Gegebenheiten, auf die er achten musste. Daher gab es allein in der Grundvariante mehr als dreihundert Möglichkeiten. Wenn man sich für die komplizierteren Steine entschied, musste man sich mehr als viertausend Situationen einprägen.
Unglaublich.
Tatsächlich erreichte ich einen Punkt, an dem ich mir einbildete, ich könnte Steward vielleicht in einem von zehn Spielen besiegen. Tatsächlich gewann ich gar nicht. Aber man durfte ja träumen, oder?
Nach den Spielen unterhielten wir uns über verschiedene Dinge. Ich hatte natürlich Fragen zu den Abläufen auf dem Schiff und der Geschichte seiner Spezies. Steward wollte immer etwas über historische terranische Gestalten und kulturelle Gepflogenheiten wissen.
Wenn Steward nach der Diskussion noch Zeit hatte, versuchte er, mich die Tastsprache zu lehren. Wie er betonte, handelte es sich nur um sehr einfache Äußerungen, die meiner Ansicht nach allerdings schon äußerst schwierig waren. Einiges lernte ich trotzdem. Sobald man sich die Grundlagen eingeprägt hatte, konnte man sich neue Wörter und Phrasen erheblich schneller aneignen.
Nach einer Weile gingen die Tage nahtlos ineinander über. Wie Steward mir schon vor einer Weile erklärt hatte, musste ich dreißig bis achtzig Tage auf der Schiffshülle ausharren. Auch wenn wir den von Terranern frequentierten Raum erreichten, war nicht klar, wie rasch wir den Kontakt herstellen konnten.

11

An nächsten Tag erschien während der Morgenrunde in meinem Helmdisplay eine Warnmeldung. Die Kohlendioxidfilter des Anzugs waren fast verbraucht. Ich hatte mich völlig auf das Wasser und den Proviant konzentriert und überhaupt nicht über die Filter nachgedacht. Normalerweise hielten sie ein Jahr. Offensichtlich benutzte ich sie schon eine Weile länger als geplant.

Als Steward mich in den Freizeitraum rief, fragte ich, ob wir uns stattdessen an der Luftschleuse treffen könnten. Er willigte ein und kurz danach erklärte ich ihm, dass ich neue Filter brauchte. Der Anzug hatte zwei, konnte aber vorübergehend mit einem laufen, wenn ich Steward den anderen überließ.

Mein Com blieb stumm, während er die Techniker verständigte.

»Man hat mir versichert, dass wir einen Ersatz herstellen können. Allerdings sind die Techniker unsicher, wie lange dies angesichts ihrer derzeitigen Arbeitsbelastung dauert«, erklärte Steward schließlich. »Sie bauen die Filter, sobald sie können.«

»Schön. Mit dem hier müsste ich noch eine Weile zurechtkommen.« Ich tippte auf den Filter, der noch in der Brustplatte steckte. »Sofern sie nicht zu lange brauchen, ist alles in Ordnung.«

Wir wechselten zum Freizeitraum, um zu spielen und uns zu unterhalten. Mitten in unserem zweiten Spiel wurde Steward abberufen. Das war schade, denn ich dachte, ich könnte dieses Mal tatsächlich gewinnen.

Da ich nun unverhofft freihatte – nicht, dass freie Zeit bei mir Mangelware gewesen wäre –, kroch ich zum Botschafter hinüber.

Er hatte einen weiblichen Gast. Es war eine Sekretärin. Diese Manti hatte ich Wilma genannt. Sie hatte mehrere runde Flecken rings um den Hals, die sich über den ganzen Rücken und den Brustkorb erstreckten. Das Muster erinnerte an eine Kette aus großen Steinen, wie Wilma Feuerstein sie getragen hatte.

Ich dachte ernsthaft darüber nach, wieder wegzuschleichen. Das Erlebnis mit den »Tänzern« wollte ich keinesfalls wiederholen.

Sie ging auf ihn zu und sie packten sich gegenseitig. Bisher noch keine Wackelei, aber ich dachte, dies sei mein Stichwort, um sofort die Bühne zu verlassen. Als ich schon fast fort war, schlug er sie.

Ich hielt inne.

Die beiden standen stocksteif da.

Langsam nahm sie die vorherige Haltung wieder ein und griff nach ihm. Sie bewegten sich langsam, und ich dachte schon, ich hätte vielleicht nicht richtig gesehen. Sie verhielt sich jedenfalls nicht so, als wäre sie gerade geschlagen worden, und er wirkte nicht aggressiver als vorher.

Da fiel mir etwas auf. Es war verschwommen, ich bemerkte es nur aus dem Augenwinkel. Ihre Finger. Sie tippte mit ihm, und zwar sehr schnell. Oder doch nicht? Ich war nicht sicher.

Ihre Finger bewegten sich so schnell, wie ich es noch nie gesehen hatte. Für mich sah es recht willkürlich aus. Dann hörte sie auf. Der Botschafter tippte sehr langsam etwas zurück, das ich trotzdem nicht verstehen konnte. Ein Augenblick verging, dann führte er sie in einen hinteren Raum, wo ich sie nicht mehr sehen konnte. Nachdem sie beschlossen hatten, ihre Angelegenheiten außerhalb meines Sichtfeldes zu regeln, entspannte ich mich, spielte Musik ab und zückte die Würfel.

Als ich etwa fünfzehn Minuten lang gewürfelt hatte, kam der Botschafter allein aus dem hinteren Raum zurück. Er arbeitete mehrere Minuten lang an der Workstation, dann ging er zur Tür und verließ das Quartier.

Inzwischen war es sehr spät geworden und ich beschloss, mich hinzulegen.

12

Während ich mich über das Schiff zog, blieb mein Fuß auf einmal an einem Vorsprung hängen. Ich spürte das Hindernis und zerrte den Fuß mit einem raschen Ruck heraus. Dabei fuhr mir abermals ein stechender Schmerz durch die Hüfte, wo der Anzug rieb.

Verdammt!

Als ich den kleinen Konzertsaal erreichte, hatte ich Glück. Bubbles saß an der gewohnten Stelle mitten in dem Raum und hatte die Hand im Topf. Maske und Schlauch waren vor den Mund geschnallt. Die Bewegungen der Arme und Finger ließen die Flüssigkeit aufwallen.

Sie hatte die Augen geschlossen und wiegte sich leicht vor und zurück, zuckte und wiegte sich weiter. Die schnellen, ungleichmäßigen Bewegungen kamen mir völlig willkürlich vor.

Schwanken, schwanken, schwanken.

Ein Ruck.

Schwanken, schwanken.

Ein Ruck.

Schwanken, schwanken, schwanken, schwanken, schwanken, schwanken.

Ein Ruck.

Nach fünf Minuten erkannte ich den Rhythmus. Aber gerade als ich dachte, ich hätte es verstanden, veränderte sich der Ablauf, und dann gleich noch einmal. Tatsächlich waren es neun verschiedene Rhythmen. Sie waren lang und kompliziert wie fast alles in der Kultur der Manti.
Warum also nicht auch die Musik?
Sich wiegend und ruckend spielte sie die Musik. Ich versuchte noch, die Beziehung zwischen den verschiedenen Rhythmen zu verstehen, als sie abrupt aufhörte, den Kopf hob und unverwandt starrte.
Sie sah mich direkt an.
Ich war nicht mehr in dem geschützten Versteck, von dem aus ich sie gewöhnlich beobachtete. Unversehens hatte ich mich dem Fenster genähert. Die Konzentration auf ihre Bewegungsmuster, während sie spielte, hatte mich unwillkürlich angezogen. Als sie aufhörte, verharrte auch ich sofort. Anscheinend hatte auch ich mich unterbewusst in ihrem Rhythmus bewegt.
Jetzt war ich aufgeflogen.
Bubbles zog die Hand aus dem blubbernden Topf, wischte sich den Unterarm mit einem Tuch trocken und nahm die Maske ab. Langsam stand sie auf und legte den Kopf schief, wie es Steward oft tat, wenn er verblüfft war.
Ich krümmte mich innerlich vor Furcht.
Ich will das nicht verlieren! Bitte nimm mir das nicht weg.
Ich hatte mich so daran gewöhnt, sie zu beobachten. Mir war gar nicht bewusst gewesen, wie viel es mir bedeutete, sie bei dieser auf so eigenartige Weise hypnotisierenden Tätigkeit zu betrachten.
Ich schloss die Augen und holte tief Luft. Dann lächelte ich, winkte und gab mir Mühe, freundlich zu wirken.

Sie betrachtete ihren Arm, dann wieder mich, dann wieder den Arm. Schließlich hob sie ihn zögernd und ahmte meine Geste nach. Langsam und gleichmäßig winkte sie zurück. Dann hörte sie auf.

Bubbles kam zum Fenster und blieb reglos davor stehen.

Nach einem Moment der Unsicherheit hob ich die Hand, zeigte ihr die Handfläche und legte mir die Hand auf die Brust.

Was will ich ihr eigentlich damit sagen?

Da fiel mir etwas ein. Ich hielt eine Hand vor das Gesicht, um die Maske nachzuahmen, die sie beim Spielen trug, senkte die andere Hand, als sei sie in den Topf getaucht, und wackelte mit den Fingern. Um die Illusion zu verstärken, tat ich so, als atmete ich tief ein, warf mich in die Brust und blies in das eingebildete Instrument.

Wieder legte sie den Kopf schief.

Ich unterbrach die Pantomime, streckte abermals die Hand aus und rieb sie langsam auf der Brust, was ihr hoffentlich zeigte, wie sehr ich ihre Darbietung schätzte.

Sie richtete sich auf und nickte leicht.

Du meine Güte, sie hat es verstanden. Ja!

Bubbles legte den Arm auf die Brust und zeigte auf das Instrument.

Fragte sie mich, ob sie weiterspielen sollte?

Ich nickte lebhaft. »Ja«, sagte ich. »Spiel bitte weiter.« Dabei zeigte ich auf ihr Instrument.

Wieder nickte sie und kehrte zum Zentrum des Raumes zurück.

An diesem Abend spielte sie fast drei Stunden lang. Eine Mühe, so glaubte ich, die sie nur für mich auf sich nahm.

Als sie endlich aufhörte, kehrte sie zum Fenster zurück. Ich hatte mich die ganze Zeit nicht gerührt.

Sie neigte den Kopf und zeigte auf mich.
»Danke«, sagte ich leise. Natürlich wusste ich, dass sie mich nicht hören konnte. Ich legte die Hand auf die Brust, um ihr meine Dankbarkeit zu zeigen, dann presste ich die Handfläche auf die Scheibe. »Vielen Dank. Das war schön.«
Was es auch gewesen war.
Noch einmal nickte sie, dann wandte sie sich ab, packte das Instrument ein, ohne sich noch einmal umzudrehen, und verließ den Raum.

In dieser Nacht schlief ich gut. Vielleicht zum ersten Mal seit der Zerstörung meines Schiffs. Ich träumte von Bubbles, die für mich spielte. Im Traum war ich jedoch bei ihr in dem Raum und aus dem Topf stiegen bei jedem Atemzug, den sie machte, komische große Seifenblasen empor. Die Blasen platzten mit einem lauten *PLOPP*. Jede einzelne klang für mich wie eine Note von Mozart.

13

Am folgenden Tag beobachtete ich nach meinen Runden wieder die Sekretärinnen. Es war recht ermüdend, weil sie im Grunde nichts Interessanteres taten, als auf die kugelförmigen Monitore zu starren und zu tippen. Ich zoomte ran, um genauer zu betrachten, was sie dort schrieben, konnte aber nichts verstehen.

Gelegentlich sagte eine von ihnen etwas zu einer Kollegin oder erstattete einem Büroleiter Bericht (das waren die beiden, die in der Mitte des Raumes die Tablets hielten). Davon abgesehen klackerten sie einfach nur auf den Tastaturen herum.

Eine Stunde verging, während der nichts Bedeutsames geschah.

Irgendwann beugte sich eine Sekretärin vor und sagte etwas zu ihrer Kollegin. Im Geiste malte ich mir aus, worüber sie tratschten.

»Hast du schon gehört, was Phyllis aus der Buchhaltung neulich abends gemacht hat?«, sagte ich eine Oktave höher als sonst.

»Nein, was denn?«, antwortete ich genauso schrill, obwohl ich eigentlich jemand anderen nachahmen wollte.

»Sie wurde erwischt, wie sie nach Büroschluss im Lager mit

dem Hausmeister geknutscht hat«, plapperte ich und kicherte.
»Neiiiiiin!«
»Ja, es ist wahr«, bekräftigte ich. »Und wie sich herausstellte, sind beide sogar verheiratet.«
»Oh, dieses hinterhältige Flittchen!«
Ich lachte laut.
Werde ich allmählich verrückt, oder was ist hier los?

Mindestens einmal am Tag schaute ich beim Putzteufel vorbei. Wenn sie nicht da war, beschäftigte ich mich auf kreative Weise mit dem kleinen Ölfleck, den ich ihr hinterlassen hatte. Zuerst vergrößerte ich ihn einige Male. Dann wischte ich ihn weg und malte einen neuen Fleck von ähnlicher Größe, aber ein Stück vom ersten entfernt. Von innen betrachtet kroch der Fleck am Fenster entlang, und sie fragte sich wohl, ob er lebte.
Bisher hatte ich nur ein einziges Mal, an jenem Abend, an dem ich den schrecklichen Streich ausgeheckt hatte, beobachten können, wie sie darauf reagierte. Sie hatte wie besessen geputzt und unermüdlich geschrubbt, um irgendwann aufzuhören und mit den Achseln zu zucken. Der innere Aufruhr war fast körperlich spürbar. Sie wusste, dass der Fleck außen am Fenster sein musste, und doch wollte sie ihn unbedingt beseitigen.
An diesem Tag wollte ich kleine Beinchen einzeichnen, um den Eindruck zu erwecken, es sei ein Käfer oder so etwas. Ich hoffte, sie zu beobachten, wenn sie ihn zum ersten Mal sah, und suchte das Fenster auf, ehe sie ihren Arbeitszyklus beendete.
Das Fenster war dunkel, als ich mich ihm näherte.

Gut.
Ich zückte das Lösungsmittel und sprühte das Fenster ein. Die Schmiere schmolz sofort und ich wischte sie mit dem kleinen Tuch, das ich mitgebracht hatte, ab. Inzwischen war es schon ein wenig gesättigt. Ich tupfte ein paar neue Kreise aus Schmiere auf das Fenster, dieses Mal etwas weiter zur Mitte hin, um den bisherigen Weg fortzusetzen, und verpasste meiner kleinen Schönheit ein paar Beine.
In diesem Moment ging das Licht an und Miss Putzteufel stand nur einen Meter vor mir auf der anderen Seite der Scheibe und funkelte mich an. Jedenfalls dachte ich, dass sie mich anfunkelte.
»Ah!« Ich fuhr ein Stück zurück. Als mir bewusst wurde, dass ich mich tatsächlich vom Schiff abgedrückt hatte, griff ich instinktiv nach dem nächsten Griff. Dann blickte ich nach unten, um mich zu vergewissern, dass die Sicherungsleine gut befestigt war. Schwein gehabt.
Sie stand nur da. Ich war ziemlich sicher, dass sie vor Wut schäumte, aber man konnte es schwer erkennen.
Schließlich hob sie die Unterarme, machte eine dramatische Geste, spreizte alle Finger und sprang einen Schritt auf mich zu.
Abermals zuckte ich zusammen. *Verdammt auch!*
Nach einem Moment musste ich lachen. Das Lachen kam aus dem Bauch. So hemmungslos hatte ich seit einer Ewigkeit nicht mehr gelacht.
Sie legte den Kopf schief. Dann richtete sie sich auf, trat dicht vor das Fenster und tippte energisch auf den Schmierfleck.
Tipp-tipp-tipp.
Ich grinste und zuckte mit den Achseln.

Sie wiederholte die Aufforderung. Tipp-tipp-tipp.
»Na gut, na gut«, lenkte ich ein. »Entschuldigung, Lady. Ich habe es verstanden.«
Noch einmal zückte ich das Lösungsmittel und den Lappen und putzte ihr das Fenster.
Das geschieht mir ganz recht, schließlich hast du mich erwischt.
Als das Fenster sauber war, stand sie einfach nur stumm da. Es war mir etwas peinlich. Dann hob sie den Arm und spreizte alle Finger an der Außenseite. Dies war eine der Gesten, die Steward mir gezeigt hatte. Sie ähnelte einem Menschen, der auf etwas zeigte. Sie wollte, dass ich verschwand. Ich gehorchte lachend.

14

Als ich Steward das nächste Mal am Fenster des Freizeitraums traf, um mit ihm zu diskutieren und *Drei Brücken* zu spielen, wirkten seine Mandibeln ein wenig gereizt. Aber wahrscheinlich bildete ich mir nur wieder etwas ein, weil ich nach wie vor nicht viel über die Mimik der Manti wusste. Trotzdem war ich ziemlich sicher, dass er wütend war.

»Hallo Steward«, begann ich zögernd. »Alles in Ordnung?«

»Tech vier.« Er legte den Kopf schief.

Oje.

»Tech vier«, setzte er noch einmal an. »Der Kapitän hat mich gebeten, Sie nach ...«, *Übersetzung nicht möglich*, »... kreisrunde Markierung ...«, *Übersetzung nicht möglich*, »... am Fenster von ...«, *Übersetzung nicht möglich*, »... zu fragen.«

Ich nickte betreten.

»Ja«, sagte ich. »Das tut mir leid. Ich habe mir nur einen Scherz erlaubt.«

Steward legte den Kopf schief. »Einen Scherz?«

»Ja«, bestätigte ich. »Einen Scherz. Jemandem einen Streich zu spielen ist manchmal wirklich witzig. Und, um ehrlich zu sein, ich wollte unbedingt mal wieder richtig lachen.« Beschwichtigend hob ich beide Hände. Wahrscheinlich verstand er die Geste gar nicht.

»Einen Streich?«
»Ja, einen Streich. Sie wissen schon, wenn man einen Scherz auf Kosten eines anderen macht.«
Wieder legte er den Kopf schief.
»Jetzt erzählen Sie mir nicht, dass Sie keinen Humor haben«, sagte ich ungläubig.
Er richtete sich auf. »Humor? Doch, wir haben Humor. In Ihrem Verhalten erkenne ich allerdings keinen Humor.«
»Äh.« Ich seufzte. »Na gut. Kennen Sie die Manti, der ich den Streich gespielt habe?«
Er nickte wie ein Terraner.
»Sie putzt alles wie besessen. Das tut sie immer und immer wieder. Wissen Sie das?«
»Ja«, antwortete Steward. »Sie hat eine leichte Fehlfunktion des Gehirns. Kommt so etwas bei Terranern nicht vor?«
»Doch, natürlich.« Ich seufzte noch einmal. »Ich verstehe ja, wie gedankenlos das von mir war. Es tut mir leid. Ich habe hier draußen einfach schreckliche Langeweile.«
»Verstehe«, sagte Steward.
»Sagen Sie ihr bitte, dass es mir leidtut und dass es nicht wieder vorkommen wird.«
»Darum bittet der Kapitän«, erwiderte Steward. »Außerdem hat er die Crewmitglieder mit Außenkabinen unterrichtet, dass Sie da sind und möglicherweise zusehen. Wenn sie ungestört sein wollen, liegt es bei ihnen, die Fenster undurchlässig zu machen.« Steward hielt inne. »Da es uns ja offenbar nicht möglich ist, Ihre Neugierde zu zügeln.«
Ich zuckte mit den Achseln.

15

Am nächsten Tag drehte ich zwischen dem Freizeitraum und der Cafeteria meine Runden. Nirgends geschah etwas Aufregendes.

Jedes Mal, wenn ich auch nur in die Nähe des kleinen Konzertsaals kam, in dem Bubbles probte, wich ich ein wenig vom Kurs ab und spähte hinein. Sie war nur selten da, aber in meinen Augen war der Aufwand die Mühe wert. Nach einer Weile stellte ich fest, dass fast jede Route nahe genug an dem Raum verlief, um dort vorbeizuschauen. Meine Definition von »in der Nähe« wurde immer großzügiger. Zufall?

Als der Tag zur Hälfte vorbei war, entdeckte ich Bubbles in dem Raum. Sie wollte wieder üben.

Was für ein Glück.

Ich schwebte direkt vor das Fenster und lehnte mich dagegen, weil ich hoffte, sie würde mich bemerken. Das tat sie auch, sie winkte mir zu. Ich winkte zurück.

Moment mal. Wie war das?

Die einfache Geste war bei den Manti nicht bekannt. Ich hatte sie Steward gezeigt, aber keinem anderen Manti. Anscheinend stand er mit Bubbles in Verbindung. Sie nahm einen Tablet-Computer und kurz danach meldete sich Steward in meinem Com.

»Was gibt es?«, fragte ich.
»Ich habe hier jemanden, der durchgestellt werden möchte«, erklärte Steward. »Sie sagt, Sie wissen schon, wer sie ist.« Es gab eine Pause. »Ist das in Ordnung, Tech vier?«
Bubbles sah mich an und legte den Kopf schief.
»Äh, ja, natürlich.« Ich geriet fast ins Stottern. Sie hatte mich überrascht! »Ja, Steward, stellten Sie sie bitte durch.«
Gleich darauf bewegten sich Bubbles' Mandibeln. Anscheinend redete sie mit Steward. Dann wurde mein Com wieder aktiv, und ich konnte beobachten, wie sie etwas zu mir sagte.
»Tech vier«, sagte die Computerstimme, die auch Steward benutzte.
»Ja«, antwortete ich zögernd. Es war seltsam, jemand anders als Steward zu hören, der zudem dieselbe computergenerierte Stimme benutzte.
»Ich bin es.« Wieder winkte sie.
»Ja, natürlich«, erwiderte ich. »Ich war sicher, dass Sie es waren. Überraschenderweise gibt es niemanden auf dem Schiff, der es sonst hätte sein können.«
Und niemanden, den ich mir stattdessen wünschen würde, fügte ich in Gedanken hinzu.
Ich empfand ein sehr eigenartiges Durcheinander von Gefühlen.
»Hoffentlich ist es in Ordnung, dass ich darum gebeten habe, mit Ihnen sprechen zu dürfen«, fuhr sie fort.
Ich nickte. »Ja, unbedingt. Wie Sie sich sicherlich vorstellen können, wird es hier draußen sehr langweilig. Deshalb freue ich mich über jede Gesellschaft und jede Unterhaltung.« Ich musste grinsen, als ich an einige Fragen dachte, die Steward mir gestellt hatte. »Nun ja, fast jede Unterhaltung.«

»Gut«, ließ mich das Übersetzungsprogramm wissen. »Ich hatte gehofft, Sie heute zu sehen, als ich herkam, um zu proben.«

»Ich hatte auch gehofft, Sie zu sehen.« Ich nickte lächelnd.

Es gab eine unsichere Pause.

»Worüber möchten Sie denn reden?«, fragte sie genau so, wie es Steward während unserer ersten Unterhaltung getan hatte.

Ich überlegte, ich wollte sie nicht vor den Kopf stoßen.

»Über alles außer Shakespeare«, sagte ich schließlich.

Ihre obersten Mandibeln zuckten leicht. Diesen Ausdruck kannte ich aus meinen Unterhaltungen mit Steward. Enttäuschung.

Oje.

»Das war nur ein Scherz«, fuhr ich rasch fort. »Wir können über alles reden, was Sie wollen. Wenn Sie möchten, auch über Shakespeare.« Ich lächelte.

Sie nickte.

»Aber vorher habe ich noch eine Bitte«, sagte ich. »Könnten Sie die Einstellungen des Übersetzers verändern?«

Sie legte den Kopf ein wenig schief.

»Wäre das möglich?«, beharrte ich. »Der Übersetzer klingt genau wie Steward. Können wir die Stimmeinstellungen verändern, damit Sie anders klingen? Vielleicht sogar weiblich, wenn das möglich ist.«

Sie nickte, tippte kurz auf ihr Tablet und sagte etwas. »Klingt es jetzt besser?« Es war eindeutig eine weibliche Stimme.

Ja, ja, das ist viel besser.

»Auf jeden Fall«, antwortete ich. »Das funktioniert wunderbar. Vielen Dank.«

Ehrlich gesagt nahm meine Unterhaltung mit Bubbles nun eine recht eigenartige Wendung. Sie wollte nicht über Shakespeare reden oder, was in meinen Augen noch nähergelegen hätte, über einen Musiker wie Beethoven oder so etwas. Vielmehr fragte sie nach den Superhelden aus Comics. Ich mochte die Dame.

Wir redeten den ganzen Nachmittag über viele verschiedene Helden. Von einigen hatte ich noch nie gehört. Die meisten kannte ich natürlich, darunter Klassiker wie Superman, Batman, Spider-Man und die X-Men.

Je länger wir redeten, desto stärker wurde mir bewusst, dass die Superhelden in gewisser Weise einzigartig waren, denn eine ganze Reihe von ihnen waren gewissermaßen zu Klassikern geworden. Sie alle waren schon vor fast dreihundert Jahren erschaffen worden. Gewiss, Bubbles fragte auch nach Glimmer und Sizzle 51, die während meiner Kindheit herausgekommen waren. Aber alle anderen waren Klassiker aus der Blütezeit der Superhelden, sofern man die griechische und nordische Mythologie nicht berücksichtigte.

Alle zwei Generationen oder so wurden die klassischen Superhelden mit neuem Aussehen und einer leicht veränderten Geschichte über ihre Herkunft neu erfunden. Doch der Spider-Man von heute war immer noch eindeutig als Abwandlung des fast dreihundert Jahre alten Originals zu erkennen. Die alte Aufmachung kam mir verschroben vor, war aber der aktuellen immer noch sehr ähnlich.

Ab und zu tauchten neue Superhelden auf, die jedoch häufig wie ein billiger Abklatsch wirkten. Es gab eben nur eine beschränkte Anzahl an Kräften. Sie konnten fliegen, sie waren stark, sie hatten Röntgenstrahlen oder einen Laserblick und so weiter. Aber sobald jemand anders diese Kräfte bekannt gemacht hatte, wirkte ein neu erfundener Superheld wie eine fade Nachahmung des Originals. So behielten die klassischen Superhelden ihre treue Fangemeinde, während ein neuer Superheld etwas wirklich Einzigartiges und Besonderes brauchte, um sich Gehör zu verschaffen und die Fans für sich zu gewinnen.

Wir sprachen über die Gründe, aus denen die Menschen solche Charaktere und Geschichten erschufen und warum sie so etwas mochten. Was ihnen im Leben fehlte, wenn sie gelegentlich davon regelrecht besessen wurden. Auf der Erde gab es seit ewigen Zeiten riesige Messen für diese Kunstform.

Die Manti kannten keine Comichelden wie die Terraner. Doch sie hatten eine Mythologie, die sehr ähnlich wirkte, nur eben mit einem historischen und manchmal religiösen Hintergrund.

Irgendwann war die Unterhaltung leider zu Ende. Es schmerzte mich ein wenig, als Bubbles sagte, sie müsse Feierabend machen. Ich wollte nicht, dass es endete, doch es wäre mir seltsam vorgekommen, es auszusprechen. Deshalb nahm ich es hin und verabschiedete mich.

Ich löste mich von dem Fenster, drehte mich aber gleich wieder um. Sie hatte sich abgewandt und sammelte ihre Sachen ein. Ich zog mich in mein Versteck zurück, um sie noch eine Weile zu beobachten. Als sie ging, seufzte ich. Es kam mir kitschig vor.

16

Steward schob eine Figur, die Bauer hieß, auf eine Verteidigungsposition. Als er die geschnitzte Figur abgestellt hatte, sah er mich an und legte den Kopf schief.

Ich hatte einen Arm gehoben und im Ellenbogen gebeugt, um die Schulter kreisen zu lassen. Dort war eine der wunden Stellen und die Bewegung war vermutlich überhaupt nicht hilfreich, auch wenn ich mir das Gegenteil einzureden versuchte.

»Tech vier«, sagte Steward. »Darf ich fragen, was Sie da tun?«

Ich sah ihn an und erkannte, dass er die Bewegung meiner Schulter meinte.

»Ich versuche, es mir bequem zu machen, Steward«, sagte ich mit einem Verdruss, der in der Übersetzung sicher verloren ging. »Brrr!« Ich zitterte vor Frustration. »Es ist der verdammte Anzug.«

»Was ist denn damit nicht in Ordnung?«

Seufzend ließ ich die Arme sinken. »Ich habe am ganzen Körper wunde Stellen, weil der Anzug reibt«, erklärte ich. »Es ist nicht vorgesehen, dass man ihn so lange trägt, ohne frische Luft an den Körper zu lassen.« Ich schlenkerte mit beiden Händen. »Es gibt viele Stellen, wo die Polsterung durchgescheuert oder zerrissen ist, und noch mehr Stellen, wo von Anfang an keine Polsterung vorhanden war. Wie gesagt, diese Anzüge sind nicht dazu gedacht, so lange getragen zu werden.«

»Ich bitte um Verzeihung«, sagte Steward.

»Die Handgelenke, die Schultern, die Kniekehlen und die Fesseln«, fuhr ich fort, »ein paar Stellen auf dem Rücken, der rechte Ellenbogen, ein paar Fingerknöchel. Und so weiter.« Ich schnaufte gereizt, aber auch das wurde vermutlich nicht übersetzt. »Ganz zu schweigen von dem Geruch. Es riecht hier drinnen wirklich übel, wenn Sie verstehen, was ich meine.«

Was er aber wahrscheinlich gar nicht kann.

So fuhr ich fort: »Ich weiß nicht, wie es bei den Manti ist, aber wir Menschen haben die wirklich erstaunliche Fähigkeit, den eigenen Geruch auszublenden.« Grinsend schüttelte ich den Kopf. »Ob Sie es glauben oder nicht, viele Menschen, die einen üblen Körpergeruch haben, wissen überhaupt nichts davon. Gott sei Dank ist das so«, sagte ich. »Aber ab und zu mache ich eine Bewegung und ein wirklich schrecklicher Gestank steigt auf, und *peng!*, schon könnte ich mich übergeben.«

Ich unterbrach meine Tirade und sah Steward an. Er war äußerlich ruhig und rührte sich nicht, was so ziemlich alles bedeuten konnte, aber in diesem Fall wirkte er auf mich zugleich bekümmert und erstaunt.

»Noch einmal, Tech vier, es tut mir leid«, sagte er. »Ich wünschte, ich könnte etwas tun, um Ihre unangenehme Situation zu verbessern.«

Ich auch, mein Freund, ich auch. Ich lächelte.

Das Spiel endete wie alle anderen unserer Spiele. Steward gewann.

»Worüber wollen wir heute reden?«, fragte ich.
»Könnten Sie mir eine Geschichte erzählen?«, schlug Steward vor.
»Sie fangen an.«
Steward nickte und machte es sich bequem. »Nun gut.«
»Es gab mal einen König«, begann er. »Man nannte ihn den König der Vier. Er lebte vor vielen Hundert Generationen und mein Volk hält ihn für einen der größten Könige, die es je gab.« Steward machte eine Pause, weil nun offenbar etwas besonders Wichtiges kam. »Er hieß ...« *Übersetzung nicht möglich.* »Er hatte starke Arme, doppelt so dick wie die irgendeines anderen Manti, der je gelebt hatte. Seine Finger waren kräftig und stark. So erzählt man es sich.« Steward hob die Unterarme und bewegte die Gliedmaßen. »Das Volk hungerte, man hatte die Leute aus ihrer Heimat vertrieben. Der Grund dafür ist nicht klar, die Geschichte ist schon sehr alt. Jedenfalls strandeten sie in einem isolierten Gebiet, weit von der alten Heimat entfernt. Sie waren dem Verhungern nahe und dem Untergang geweiht.
Der König der Vier war damals noch kein König. Diese Geschichte dreht sich darum, wie er zum König wurde.
Sie reisten viele Zyklen lang, konnten aber nirgends Nahrung finden. Schließlich entschied man, in alle Richtungen Späher auszusenden, da viele in der Gruppe zu erschöpft waren, um noch weiterzuwandern.
Drei Zyklen später kehrten die meisten Kundschafter mit leeren Händen zurück. Nur einer hatte einen großen Beutel mit ...« *Übersetzung nicht möglich.*
Ich unterbrach ihn. »Steward, entschuldigen Sie, das wurde nicht übersetzt. Was hat er gefunden?«
Steward hielt inne und legte den Kopf schief. »Samen«, er-

klärte er. »Große Samenkapseln, fast so groß wie der Kopf eines Manti.« Er hob die Arme, um es mir zu zeigen.

»Die Hüllen der Samen waren sehr widerstandsfähig, sogar undurchdringlich. Den Leuten fehlte das notwendige Werkzeug, um sie zu öffnen, und das Land, in dem sie sich befanden, war trostlos. Es gab keine freiliegenden Felsen, an denen sie die Samen zerschmettern konnten, und das Eis war zu weich, um stattdessen benutzt zu werden.

Da trat der König der Vier vor, packte eine Samenkapsel mit den mächtigen Unterarmen und drückte mit aller Kraft zu.« Steward verbog die Finger, um mir zu zeigen, wie es vor sich gegangen war. »Zum Erstaunen der Leute brach die Kapsel auf und die Leute hatten etwas zu essen.

Mit dieser großen Tat verdiente er sich den Umhang des Königs und er bekam den Beinamen ›König der Vier‹, weil er so stark war wie vier andere.

Er speiste das Volk und die Leute reisten weiter, bis sie ihr neues Heim fanden. Der König wurde jedoch ...« *Übersetzung nicht möglich.* »Er wurde übermäßig stolz und faul.

Viele, viele Zyklen lang regierte er das Volk, das unter seiner Herrschaft wuchs und gedieh. Aber eines Nachts drangen Invasoren in das Land ein und überfielen den König im Schlaf. Sie fesselten ihn und alle Krieger seines Volks.« Steward tat so, als wollte er einen großen Knoten knüpfen und ein Seil stramm ziehen. »Dazu benutzten sie einen unzerstörbaren Strick. Es ist bis heute nicht klar, woraus er bestand, aber der Geschichte nach konnte man ihn nicht zerreißen. Die Eindringlinge nahmen sich, was sie haben wollten, und der König konnte sie nicht daran hindern. Da änderte er die Taktik und versuchte es mit den Knoten. Doch er konnte sie nicht lösen, denn seine ungeheuer starken und kräftigen

Finger waren nicht klein und beweglich genug, um die Knoten aufzubekommen.
Nun schaltete sich ein junger Manti ein, der noch nicht einmal als voll erwachsen galt. Er zählte nicht zu den Kriegern und war so klein, dass die Invasoren ihn für ungefährlich gehalten hatten. Er war nicht stark, aber beweglich. In dieser Nacht schlich der junge Manti in das Haus des Königs, wo der Herrscher in Fesseln lag. Einen halben Zyklus brauchte er, um die Knoten zu lösen, und am Ende war der König befreit. Doch so stark und mächtig er auch war, der König konnte nicht ganz allein gegen die Eindringlinge kämpfen. So verließ der junge Manti das Haus des Königs und suchte nach anderen kleinen, ungefährlich wirkenden Manti von ähnlicher Größe und Statur. Heimlich brachte er seine Streitmacht zum König und mit ihrer Hilfe konnte der junge Manti alle gefesselten Krieger befreien. In dieser Nacht überraschten die Krieger des Königs die Angreifer im Schlaf und töteten sie.
Die Geschichte, wie der junge Manti den König losband und seine kleine Truppe schwächerer Manti anführte, um die Krieger zu erlösen, die wiederum das Land befreiten, verbreitete sich rasch unter den Manti. Als der nächste Zyklus kam, sollten sich die Leute hinter den König stellen, um ihn für eine weitere Jahreszeit zu bestätigen. Doch er hatte nicht genug hinter sich. Vielmehr stellten sich die Leute hinter den jungen Manti.« Steward spreizte die Mandibeln weit ab, was bei seiner Spezies einem Lächeln gleichkam.
»Sie begriffen, dass die Kraft, die Samenkapseln aufzubrechen, nicht ausreichte, um ihr Land zu retten. Vielmehr hatte es dieses Mal einen jungen Manti und dessen kleine und geschickte Finger gebraucht, um den König und die Krieger

loszubinden. So betrachteten sie diesen jungen Manti als den wahren Befreier des Landes. Er wurde ihr neuer König. Sein Name war …« *Übersetzung nicht möglich.* »Sie können ihn auch den Halbkönig nennen.
Aus dieser Geschichte haben sich zwei Redewendungen entwickelt. Eine benutzt man, wenn man in einer bestimmten Situation brutale Kraft einsetzen will. Die andere steht für eine klügere, geschicktere Methode. Die beiden Redewendungen lauten: ›Das Volk speisen‹, und ›Mehr als Samen knacken‹.«
Ich lächelte. »Steward, das war eine schöne Geschichte. Im Leben gibt es also mehr als nur das Knacken von Samenkapseln, nicht wahr? Wir nennen solche Geschichten Fabeln. Es sind Geschichten, aus denen man etwas lernen kann.«
»Ja«, bestätigte Steward. »So ist es wohl. Aber jetzt ist unsere Zeit für heute Abend vorbei und Ihre Geschichte muss warten, bis wir eine andere Gelegenheit finden.«
Ich lächelte. »Ja, sie muss warten. Gute Nacht, Steward.«
»Gute Nacht, Tech vier.«

17

Ich beschloss, beim Botschafter nach dem Rechten zu sehen. Als ich zu meinem Posten vor seiner Suite glitt, war drinnen nichts zu erkennen. Er war nicht da. Ich sah auf die Uhr und rechnete im Kopf zwischen terranischer Zeit und Mantizeit um. Sie lebten nicht im Vierundzwanzigstundenrhythmus wie wir; ihr Zeitmaß und ihr Kalender unterschieden sich stark von unseren Gepflogenheiten.

Eine Manti-Woche, wenn man es denn so nennen wollte, entsprach in etwa einem Dutzend unserer Tage. Das war der Zyklus, auf dem ihre Arbeitszeiten beruhten. Sie arbeiteten vier Tage, hatten einen Tag frei, arbeiteten fünf Tage und hatten zwei Tage frei. Dann wiederholte sich der Ablauf. An den ersten vier Tagen waren die Schichten länger als im zweiten, fünf Tage dauernden Abschnitt. Auf ganz ähnliche Weise wie unsere Zeitzonen rührten diese Unterschiede von der Zeit auf dem Ursprungsplaneten der Manti her.

Es war wichtig, zu verfolgen, welcher Abschnitt der Woche es gerade war, weil sich die Stunden der Tage leicht voneinander unterschieden. In der ersten Hälfte der Woche hatten die Tage 23,56 Stunden, in der zweiten Hälfte jedoch nur 21,22 Stunden. Das war mehr als seltsam. In der ersten Hälfte leistete jeder Manti eine Schicht von etwa elf Stunden ab, im zweiten Teil der Woche waren es jedoch nur neuneinhalb Stunden.

Wie alles, was mit den Manti zu tun hatte, war auch dies kompliziert. Aber wenn es um das Lieblingsprogramm geht, lernt man schnell, zu welcher Zeit es gesendet wird. In meinem Fall lernte ich anhand des Tagesablaufs meiner Lieblingscharaktere.

Er hätte dort sein sollen, wenn meine Berechnung stimmte. Ich beschloss, es mir bequem zu machen und zu warten. Vielleicht kam er noch.

Sobald ich mich eingerichtet hatte, tippte ich auf das Armdisplay und startete die Musikwiedergabe. Da bemerkte ich aus dem Augenwinkel eine Bewegung hinter dem Fenster. Ich hob den Kopf. Im weiter hinten gelegenen Schlafzimmer tat sich etwas. Ein paar Sekunden später bemerkte ich wieder eine Bewegung. Ganz leicht nur. Wieder tippte ich auf das Display, um den Zoom zu verstärken. Dahinten war es dunkel und ich konnte nichts Ungewöhnliches entdecken. Ich sah eine Ecke von dem, was ein Bett sein mochte (es war wohl eher ein Sitzsack, der zum Schlafen diente), und einige andere alltägliche Dinge, die ich schon öfter bei den Manti bemerkt hatte. Ich wollte schon wieder herauszoomen, als ich erneut eine Bewegung sah. Es war ein Bein. Genauer gesagt, ein Mantibein. Jetzt sah ich auch den Fuß. Er befand sich in einer horizontalen, entspannten Position. Anscheinend schlief der Botschafter.

Auf einmal strampelte das Bein und zuckte schnell und sehr heftig. So ging es ein paar Sekunden lang, dann entspannte es sich wieder. Gleich danach setzte abermals das Strampeln ein. Das Fußgelenk war mit einem Seil gefesselt. Bisher hatte ich es noch nicht bemerkt, aber es war offensichtlich. Das Bein war gefesselt und der Manti wehrte sich mit Tritten gegen die Fessel. Höher als bis zum Knie konnte ich nicht sehen, auch die anderen drei Beine waren außer Sicht. Ich konnte nur dieses eine Bein beobachten, und das war gefesselt.

Verdammt, was macht er da nur?

Das Strampeln des Beins hörte auf. Ich sah noch zwei Minuten zu, aber es rührte sich nicht mehr. Ich zoomte heraus. Kurz danach ging die Tür der Kabine auf und der Botschafter kam herein. Anscheinend hatte es auch die Person im hinteren Zimmer gehört, denn das Strampeln setzte wieder ein. Der Botschafter ignorierte es. Stattdessen legte er einige Dinge ab, die er mitgebracht hatte, darunter sein Tablet. Er ging zu den hängenden Eimern, von denen ich inzwischen wusste, dass sie Waschbecken waren, und reinigte sich gründlich die Unterarme und die Finger. Anschließend arbeitete er eine Weile an der kugelförmigen Workstation.

Wenn der Botschafter hier draußen war, wer lag dann im hinteren Zimmer? Ich dachte an Wilma, die ich vor zwei Tagen bei ihm gesehen hatte.

Genau! Er hat sie geschlagen!

Er hatte sie geschlagen. So hatte es jedenfalls ausgesehen. Ich hatte mir eingeredet, es habe nichts weiter zu bedeuten. Aber danach hatte er sie ins Hinterzimmer gebracht. Sie war bereitwillig mitgegangen. Strampelte sie dort hinten?

Sie sträubte sich immer noch gegen die Fesseln. Es war so heftig, dass ich dachte, ich könnte die Erschütterungen spüren. Natürlich spürte ich nichts. Aber es fühlte sich so an, als müsste ich etwas mitbekommen.

Das muss er doch gehört haben.

Schließlich ging er ins hintere Zimmer. Das Strampeln hörte sofort auf, als er über die Schwelle trat und derjenige, der dort gefesselt war, ihn sehen konnte.
War es Wilma?
Er blieb einen Moment in der Tür stehen, dann ging er weiter zum Kopfende des Sitzsacks, wo ich ihn nicht mehr sehen konnte.
Eine Stunde verging, in der sich nicht mehr viel tat. Der Botschafter blieb dort drüben außer Sicht. Das Strampeln hatte aufgehört, und wer dort auch lag, war im Moment ruhig.
Ich beschränkte mich darauf, Musik zu hören, und die Umgebung verschwamm mir vor den Augen, bis ich bemerkte, dass ich nicht mehr blinzelte. Ich rappelte mich auf und beschloss, nach den Sekretärinnen zu schauen. Ich wollte herausfinden, ob Wilma dort arbeitete oder ob sie gefesselt war und Sexspiele mit dem Botschafter spielte.
Langsam verließ ich mein Versteck und stieß mich ab, um an der Schiffshülle entlang bis zu dem Raum zu schweben, in dem Wilma hoffentlich mit ihren Freundinnen plauderte. Doch als ich vor dem Fenster ankam, musste ich feststellen, dass ich sie nirgends entdecken konnte. Mit den großen, dunklen Flecken um den Hals, die an eine übergroße Perlenkette erinnerten, war sie unter allen Manti am leichtesten zu erkennen. Sie war nicht da.
Ich überlegte eine Weile. Sie arbeitete keineswegs ständig dort, denn es gab ja verschiedene Schichten. Ich konzentrierte mich auf die anderen Sekretärinnen und überlegte, ob es die gleichen waren, mit denen Wilma auch vorher zusammengearbeitet hatte. Ein Blick auf die Uhr verriet mir nicht viel, denn ich wusste nicht, zu welcher Gruppe sie gehörte und ob sie jetzt hätte arbeiten müssen oder nicht.

Das war der Grund. Wilma hatte einfach nur eine andere Schicht und war deshalb jetzt nicht hier.
Den Rest des Abends verbrachte ich damit, die Sekretärinnen zu beobachten, weil ich insgeheim hoffte, jeden Moment käme Wilma herein.
Sie kam nicht.

18

Steward legte einen Felsbrocken auf die mittlere Brücke. Die Strafe für diesen Zug bestand darin, dass sein Gegner, also ich, einen zusätzlichen Zug machen und selbst einen Felsen platzieren durfte. Allerdings half ihm sein eigener Felsen, indem er zwei meiner Figuren überrollte, während mir die einzige Stelle, an die ich meinen Brocken setzen konnte, nicht viel nützte.

Ich glaube nicht, dass ich ihn jemals besiegen werde.

»Tech vier«, erkundigte sich Steward. »Wie lang ist Ihre Dienstzeit?«

»Verzeihung?«, fragte ich.

»Die Dienstzeit der Terraner. Wie lang ist sie gewöhnlich? Wann ist Ihre derzeitige Periode beendet?«

Ich begriff es immer noch nicht. »Erklären Sie das bitte«, antwortete ich.

Er legte den Kopf schief und hielt inne. »Ihr gegenwärtiger Status als Techniker«, setzte er neu an. »Ist das in Ihrer Gesellschaft nicht ein eher niedriger Rang?«

»Äh, wie meinen Sie das? Sicher, das ist nicht gerade ein Traumberuf, aber man kann davon leben.«

»Wie lange müssen Sie in dieser Rolle arbeiten, ehe Sie wieder auf Ihren eigentlichen Weg zurückkehren können?«

»Steward«, gab ich zurück, »ich verstehe es immer noch nicht. Ich bin Techniker. Das ist das, was ich mache.«
»Also ist das keine vorübergehende Position?«, hakte er nach. »Werden Sie Ihr Leben lang immer das Gleiche tun? Interessant.«
Ich beschloss, den Kopf zu neigen, um ihm zu zeigen, wie verwirrt ich über seine Fragen war.
Er fuhr fort: »Wir Manti dienen vorübergehend der Gesellschaft in einer unbedeutenden Rolle. Wir nennen das unsere Dienstzeit. Sobald sie vollendet ist, kehren wir in unseren normalen Beruf zurück.«
Darüber dachte ich eine Weile nach.
»Mein Volk hat einen starken Trieb, erfolgreich zu sein«, fuhr Steward fort. »Seit Jahrtausenden werden wir daraufhin ausgerichtet. Der Nachteil dieser strengen Zuchtauswahl ist der Verlust einer dienenden Klasse, also von Individuen, die nicht nach Erfolg streben und bereit sind, geringere Posten zu bekleiden. Wenn in einer Gesellschaft jedes Individuum nach Höherem strebt, ist niemand mehr da, der sich um die einfachen Dinge kümmert. Die ...« *Übersetzung nicht möglich.* Die Handlanger.
»Es gibt also bei Ihnen niemanden, der hauptberuflich Sachen repariert, wie ich es getan habe?«, erkundigte ich mich. »Niemanden, der den Müll einsammelt, Wartungsarbeiten und Reparaturen ausführt, das Essen zubereitet und so weiter? Ich glaube, das war wohl eine eher unerwünschte Konsequenz, oder? Aber heißt das nicht auch, dass Sie gewöhnlich nicht als Steward arbeiten?«
»Richtig, Tech vier, das trifft zu.«
»Was ist denn Ihre eigentliche Position? Falls Ihnen die Frage nichts ausmacht.«

»Ich bin …« *Übersetzung nicht möglich.* »Wissenschaftler.« Es gab eine Pause. »Quantenphysiker.«
Ehrlich?
»Ach, wirklich?«, fragte ich grinsend. »Dann sind Sie also in Wirklichkeit eine Art Superhirn.« Ich lachte leise.
Er legte den Kopf schief.
»Also, das ist wirklich beeindruckend«, fuhr ich fort. »Wie schön. Und die Dienstleistungen, die Sie hier verrichten … wie lange müssen Sie das machen?«
»Sechs unserer planetarischen Zyklen.«
»Sechs Jahre?«
»Korrekt«, bestätigte er. »Ich bin jetzt im fünften Jahr dieser Periode.«
Da fiel mir ein, dass ich nicht einmal sicher war, wie alt Steward war oder wie lange seine Spezies lebte. »Steward, wie alt sind Sie?«
»Etwa hundertsiebenunddreißig terranische Jahre«, erklärte er.
Ich sperrte den Mund auf. »Tatsächlich?«
»Ja.«
»Wie alt ist das für einen Manti? Wie lange leben Sie im Durchschnitt?«
»Meine Spezies hat eine Lebenserwartung von dreihundertfünfzig bis dreihundertachtzig Ihrer Jahre.«
»Oh«, sagte ich staunend. »Da ist es wohl nicht zu viel verlangt, wenn man sechs Jahre lang etwas für die Gesellschaft tun muss, oder?«
»Wir leisten alle einundzwanzig Zyklen eine Dienstzeit ab«, erklärte er. »Dies ist meine fünfte.«
»Also haben Sie das bisher schon ganze vier Mal getan? Jeweils für sechs Jahre?«

O Mann.
»Aber irgendjemand muss ja den Müll rausbringen. Sogar ein Quantenphysiker. Also müssen Sie alle einundzwanzig Jahre hinter den anderen Schlaumeiern aufräumen und die restliche Zeit tut das jemand anders für Sie? Wahrscheinlich ist das gar keine so schlechte Regelung.« Ich zeigte ihm die erhobenen Daumen. Glücklicherweise hatte ich ihm schon erklärt, was diese Geste zu bedeuten hatte.
Er hob einen einzelnen Finger.

19

An nächsten Morgen weckte Steward mich über Funk.
»Tech vier?«
Instinktiv wollte ich mir die Augen reiben und war wieder einmal frustriert, weil ich den Anzug trug. »Ja, Steward, was gibt es?« Ich richtete mich auf und versuchte, mich zu strecken und gleichzeitig die gereizten und wunden Stellen an den Gelenken zu schonen.
»Treffen Sie mich bitte an der Luftschleuse. Ich habe etwas für Sie.«
»Alles klar.«
Ich streckte mich noch einmal und machte mich auf den Weg.

Der Griff war schon entriegelt, und als ich die Tür öffnete, sah ich einen großen Berg, in dem irgendetwas steckte. Der Haufen war so hoch, dass er das Fenster auf der anderen Seite der Luftschleuse versperrte, wo ich sonst normalerweise Steward sah.
Es waren eine Plane aus schwerem Stoff und eine Reihe großer Röhren von jeweils etwa vier Zentimetern Durchmesser. Hätte ich es nicht besser gewusst, dann hätte ich es für eine Art Zelt gehalten.

Ich schob den oberen Teil des Stoffs zur Seite, damit ich Steward sehen konnte. »Was ist das, Mann? Was soll das?«

»Das ist eine provisorische Unterkunft«, sagte er.

Ich werd verrückt!

»Ehrlich?«, fragte ich erstaunt.

»Ja.«

»Was genau heißt das? Soll das eine Luftschleuse oder so etwas für mich sein?«, erkundigte ich mich mit echter Begeisterung. »Erzählen Sie mir mehr.«

»Nachdem Sie die wunden Stellen erwähnt hatten, habe ich mit dem Schiffsarzt gesprochen. Er hat recherchiert und ist zu der Ansicht gekommen, dass sie zu Infektionen und möglicherweise zum Tod führen, wenn sie nicht behandelt werden.« Er machte eine Geste, die ich inzwischen als Bedauern erkannte.

»Und deshalb haben Sie mir ein Zelt gebaut«, sagte ich lächelnd. »Das hier draußen ist nicht gerade der ideale Platz für ein Zeltlager, aber ich muss eben irgendwie zurechtkommen. Wird es auch funktionieren?«

»Ja«, bestätigte Steward. »Die Plane kann das Vakuum problemlos aushalten.« Er deutete auf den Haufen Stoff. »Ich nehme an, Sie können es ohne Anleitung aufbauen. Schließlich sind Sie ja Techniker.«

»Hoffentlich.« Ich rieb im Anzug die klobigen Hände aneinander, um ihm zu zeigen, wie aufgeregt ich war. Steward verstand es vermutlich nicht.

Ich brauchte den größten Teil des Morgens, um das Zelt aufzubauen und an der Außenhülle des Schiffs zu befestigen. Der Manti-Ingenieur, auf dessen Entwurf es beruhte, hatte im Boden einige Ankerpunkte vorgesehen, die an einer bestimmten Stelle genau in die Schiffshülle passten. Steward zeigte mir, wo ich das Zelt aufbauen sollte, und ich fand die Stelle sofort.

In der Schwerelosigkeit und wenn man in einer zweiten Haut wie dem Raumanzug steckte, dauerte alles länger als gedacht. Ich sabberte buchstäblich schon vor Begeisterung, als ich das letzte Rohr einrasten ließ und noch einmal alle Befestigungen des Zelts überprüfte.

Anschließend kehrte ich in die Luftschleuse zurück und holte die restlichen Teile ab. Es handelte sich um ein Kästchen mit einem Schalter an der Seite und eine Dose, die mit irgendetwas gefüllt war.

Steward war schon längst wieder zu seinen anderen Pflichten zurückgekehrt. Ich rief ihn über den Com-Kanal.

»Steward?«

»Ja, Tech vier?«

»Ich habe das Zelt aufgebaut, aber jetzt habe ich hier dieses kleine Gerät und den Behälter.« Ich hielt inne. »Ich nehme an, es handelt sich um Medizin für meine wunden Stellen? Und das Kästchen? Soll es das Zelt unter Druck setzen?«

»Was das Arzneimittel angeht, haben Sie recht. Es ist eine Salbe, mit der Sie die wunden Stellen und Ausschläge einreiben können«, erklärte Steward. »Der Arzt hat sie anhand unserer Kenntnisse über die terranische Biologie hergestellt. Das Gerät liefert Wärme.«

Oh, richtig. Wärme.

Ich hatte ganz vergessen, wie kalt es in dem Zelt ohne Heizung werden konnte. Sobald das Visier offen war, konnte mein Anzug das Zelt im Laufe der Zeit aufwärmen, aber ich wäre erfroren, ehe ich etwas davon gehabt hätte.

Sehr umsichtig, Steward.

»Und wie setze ich es unter Druck?«

»Ihr Anzug reicht aus, um diesen Zweck zu erfüllen«, verriet mir der Com.

Darüber musste ich erst einmal nachdenken.

»Äh, ich glaube, dazu ist er eigentlich nicht fähig.«

Falls es ein kleines Leck gab, konnte der Anzug den Druck erhöhen, um den Verlust auszugleichen, aber er war bestimmt nicht fähig, das ganze Zelt mit Atemluft zu füllen.

»Wir haben eine Vorrangschaltung für Ihren Anzug programmiert. Bitte weisen Sie Ihren Anzug an, eine Fernwartung zuzulassen, dann installieren wir den Patch.«

»Ehrlich, Steward? Ihr seid wirklich klasse.«

Ich öffnete das Menü des Anzugs, klickte mich bis zu den Grundeinstellungen und aktivierte die Fernwartung. Gleich darauf poppte eine Benachrichtigung auf, weil ein erfolgreiches Log-in stattgefunden hatte. Nach zwanzig Sekunden kam eine Anfrage, ob der neue Code übernommen werden sollte. Ich bestätigte. Dann klickte ich mich zurück, öffnete das dazugehörige Menü und suchte die neue Funktion.

Tatsächlich, da war sie.

»Und wie funktioniert das jetzt?«, fragte ich.

»Die Funktion erzeugt im Anzug einen Überdruck und öffnet zugleich die Ventile. So bläst der Anzug die überschüssige Atemluft in das Behelfszelt. Der Anzug braucht mehrere Minuten, um Ihre Behausung unter Druck zu setzen. Er müsste es Ihnen melden, wenn der Druckausgleich mit dem Inneren hergestellt ist.«

Ehrlich? »Fantastisch!« Ich staunte wieder mal.

»Das Heizgerät müsste ausreichen, um das Zelt so weit zu erwärmen, dass Sie Ihre medizinischen Bedürfnisse befriedigen und sich wieder anziehen können«, fügte Steward hinzu.

»Wundervoll«, antwortete ich. »Wenn Sie mich brauchen, ich bin in meinem neuen Palast.« Ich strahlte wie ein Kind an Heiligabend.

Das Zelt war aufgebaut und zur Sicherheit dreimal überprüft. Das kleine Heizgerät arbeitete in einer der hinteren Ecken. Ich beobachtete die Anzeigen des Anzugs, um mich zu vergewissern, dass die Temperatur hoch genug war, ehe ich die neue Funktion auslöste und den Raum unter Druck setzte. Es war nicht gut, irgendetwas zu überstürzen.

Endlich war eine Temperatur erreicht, mit der ich leben konnte, und ich ließ den Anzug den Druck aufbauen. Im Helm hörte ich ein leises Rauschen, und ich spürte, wie der Druck stieg. Das Display des Anzugs zeigte mir den äußeren Druck an. Noch war die Zahl rot, aber der Wert stieg langsam an, wurde orange, dann gelb und erreichte endlich den Grenzbereich, wo sie grün werden sollte.

Warte es ab.

Grün.

Halleluja.

Ich holte tief Luft, atmete aus alter Gewohnheit vollständig aus und erinnerte mich erst dann, dass dies im Zelt nicht nötig war. Da draußen war kein Vakuum. Also atmete ich so natürlich, wie es unter den aufregenden Begleitumständen überhaupt möglich war. Ich tippte auf das Armdisplay und öffnete das Visier.

Kein Luftzug. Nur ein offenes Visier.

Es war herrlich.

Tief und völlig ungehindert atmete ich ein.

Wie schön. Aber ich darf nicht trödeln.

Zuerst drehte ich den Ring, der den Helm festhielt. Er

klemmte etwas, öffnete sich aber schließlich mit einem Knall. Der Helm löste sich mühelos, dann folgten die sieben Hauptverschlüsse des Anzugs an den Gelenken. Langsam zog ich die Montur aus und ließ sie in dem kleinen Raum neben mir schweben. Ich musste mich vorsichtig bewegen, um die wunden Stellen beim Ausziehen nicht noch weiter zu belasten. So frei hatte ich mich unendlich lange nicht mehr gefühlt.

Sobald ich den Anzug abgelegt hatte, musterte ich meinen Körper.

Widerlich.

Ich war verdreckt. Eine Kruste aus getrocknetem altem Schweiß und Schmutz, überwiegend wohl alte Hautschuppen, bedeckte Arme und Beine. Die wunden Stellen taten höllisch weh und sie waren buchstäblich überall. Verdreckt, rot und blutend – einige waren sogar schon vereitert. Am schlimmsten war es am Bauch und im Schritt. Das Abfallbeseitigungssystem des Anzugs war nicht dazu gebaut, so lange durchgehend zu arbeiten.

Verdammt aber auch!

Gelegentlich hatte ich schon im Anzug den Geruch schlimm gefunden. Jetzt, da ich heraus war, wurde der Gestank in dem kleinen Raum überwältigend. Ich dachte daran, ein wenig Zeit für die Wartung des Anzugs zu reservieren, solange er ausgezogen war. Wenn die falsche Komponente versagte, war ich dem Tod geweiht.

Jesses.

Ich konnte etwas Wasser aus dem System des Anzugs nehmen, um alles zu reinigen, aber mir fehlte ein Tuch oder ein Schwamm.

Na gut, beim nächsten Mal.

Vorläufig ignorierte ich den Gestank und atmete tief durch. Ich hob die Hände und fuhr mir durch die Haare. Sie waren schmierig und furchtbar verfilzt. Es tat weh, aber irgendetwas erwachte in mir, als ich meine eigene Berührung spürte. Du meine Güte, es fühlte sich gut an. Ich legte mir die Hände aufs Gesicht und rieb, bis ich unter dem grauen Bart wieder etwas Gefühl hatte. Dann schob ich die Füße in einen Bügel und lehnte mich, so gut es ging, an die Schiffshülle. Ich krümmte mich, barg den Kopf in den Händen und schluchzte, wie ich noch nie geschluchzt hatte.

20

Mein letzter Besuch beim Botschafter war schon eine Weile her. Nachdem ich öfter bei den Sekretärinnen vorbeigeschaut hatte, war mir klar, dass es vier Schichten gab, die sich ein wenig überlappten. Mittlerweile hatte ich mir eingeredet, bei meinem letzten Besuch nichts weiter als eine Art abgedrehtes Sexspiel beobachtet zu haben. Außerdem gab es sicher viele seltsame Dinge, die ich ohne den richtigen Kontext nicht verstehen konnte. Allerdings hatte ich Wilma seit dem Abend, an dem der Botschafter sie geschlagen hatte, nicht mehr gesehen.

Schließlich legte ich es unter der Rubrik der Dinge ab, die ich mir bei den Manti einfach nicht erklären konnte. Wer hätte schon sagen können, was meine Beobachtungen zu bedeuten hatten.

Ich beschloss, noch einmal nachzuschauen.

Als ich mich vor seinem Fenster niederließ, entdeckte ich erst einmal rein gar nichts. Der hintere Raum war immer noch dunkel und das Bein konnte ich nicht mehr sehen. Der Bereich, wo sich der Sitzsack befand, war unter einer Art Decke verborgen. Ich zoomte heran, aber dort rührte sich nichts.

Warten.

Nichts.
Schließlich wechselte ich die Position. Normalerweise war die Stelle, von der aus ich den Botschafter beobachtete, nicht sehr bequem. Mühelos fand ich jedoch eine andere, an der ich gemütlich hocken konnte. Nicht so gemütlich wie meine Nische, aber es sollte reichen.
Ich hörte Musik und schloss die Augen. Irgendwann schlief ich ein.

Als ich aufwachte, brannte Licht, aber der Raum war leer. Im dunklen Hinterzimmer bewegte sich etwas, das ich nicht genau erkennen konnte. Zwanzig Minuten vergingen, dann dreißig, bis der Botschafter endlich erschien. Und zielstrebig zu den hängenden Eimern eilte. Er hatte ein weißes Handtuch dabei, das mit schwarzem Öl bedeckt war. Das gleiche Öl bedeckte den Oberkörper und die Unterarme. Er wickelte das Handtuch zusammen und legte es auf den Tisch, holte ein frisches aus einer Schublade und wischte sich das Öl von Gesicht und Rumpf. Dann tauchte er die Arme in den Eimer und bespritzte sich mit einer Flüssigkeit, um das Öl abzuwaschen. Danach ging er wieder ins Hinterzimmer und kam gleich darauf mit einem weiteren ölverschmierten Handtuch zurück.
Verdammt, was macht er da? Schmiert er die Kolben eines großen Motors, oder was?
Wieder verschwand er im Hinterzimmer.

Ich spielte mit dem Gedanken, noch einige Runden zu drehen, als der Botschafter langsam aus dem Schlafzimmer zurückkehrte und irgendetwas hinter sich herschleppte. Sobald er draußen war, drehte er sich zum Eingang der Suite

um. Das Ding erinnerte an einen kleinen Gepäckkarren. Es hatte vier Räder und eine Falttür an einer Seite, die jetzt geschlossen war und den Inhalt verbarg.
Er zog den Karren durch das Zimmer und zum Flur hinaus. Als er draußen war, schloss er die Tür seines Quartiers.

21

Die nächsten Tage verliefen ereignislos. Ich vertrieb mir die Zeit mit alltäglichen Gepflogenheiten. Es geschah nichts Bemerkenswertes. Natürlich verbrachte ich jeden Tag etwas Zeit mit Steward und redete mit ihm oder spielte *Drei Brücken*.

Bubbles hatte ich seit unserem Gespräch nicht mehr gesehen. Manchmal, wenn ich meine Runden drehte, begann ich mich schon zu fragen, ob es wirklich geschehen war.

Bin ich schon so verrückt, dass ich mir so etwas einbilde?

Sie hatte verwirrende Gefühle in mir geweckt, um es vorsichtig auszudrücken. Ich wollte bei ihr sein, ich spürte eine Anziehung. Es hatte nichts mit Sex oder Lust oder so zu tun, sondern war etwas Geistiges. Falls man das überhaupt so ausdrücken konnte. Es war dem, was ich für Steward empfand, durchaus ähnlich, zugleich aber auch ganz anders. Wenn Steward mein Freund war, dann war sie …

Vielleicht so etwas wie meine Schwester?

Ich war nicht sicher, was sie für mich war. Aber ich sehnte mich danach, wieder mit ihr zu sprechen und ihr beim Musizieren wenigstens zuzusehen – wenn ich sie schon nicht hören konnte.

Wie immer in der letzten Zeit machte ich bewusst oder un-

bewusst auf meinen Runden Umwege, um so oft wie möglich am Konzertsaal vorbeizukommen. Vergebens, nur der Geschichtenkreis versammelte sich einige Male. Als ich mich im Laufe von zwei Tagen zum fünfzigsten Mal dem Fenster näherte, war sie jedoch wieder da, saß mitten im Raum und hatte die Hand in den Topf getaucht.
Ja!
Ich beschloss, mich noch eine Weile zurückzuhalten und ihr beim Spielen zuzusehen. Beim letzten Mal hatten wir so lange geredet, dass sie nicht zum Üben gekommen war. So gern ich auch mit ihr reden wollte, hielt ich es doch für wichtig, nicht zu selbstsüchtig über ihre Zeit zu verfügen.
Also hockte ich mich in den Schatten und sah ihr zu.
Es war magisch.
Ich konnte nicht einmal sagen, was eigentlich daran war, wenn ich sie spielen sah und die Bewegungen ihres Körpers beobachtete, aber es schlug mich jedes Mal in seinen Bann.
Schwanken, schwanken, schwanken.
Ein Ruck.
Schwanken, schwanken.
Ein Ruck.
Und so ging es weiter.

Nach mehr als einer Stunde hielt sie inne und blickte zum Fenster. Ich rührte mich nicht.
Sollte ich mich zeigen?
Sie wandte sich wieder dem Instrument zu und bereitete sich darauf vor, ein weiteres Lied zu spielen. Dann überlegte sie es sich anders, stand auf und kam zum Fenster.
Innerlich glühte ich ein wenig vor Freude.

Sie legte den Unterarm an die Scheibe und spreizte die Finger, dann presste sie sogar das Gesicht an die Scheibe.
Mir fiel ein, dass ich im Schatten kaum zu sehen war, sie hatte mich wohl noch nicht bemerkt. Deshalb kam ich hervor, schwebte zum Fenster und landete direkt vor ihr.
Die Mandibeln bogen sich und der Oberkörper machte eine Bewegung, die ich erkannte. Sie freute sich.
So verharrten wir einen Moment. Ich saugte es geradezu auf. Dann hob ich die Hand und tippte seitlich mit dem Zeigefinger an den Helm. »Wollen Sie reden?«, hauchte ich.
Als ob sie es dir von den Lippen ablesen könnte, du Dumpfbacke.
Anscheinend hatte sie es aber verstanden. Sie nickte, eilte zu ihrem Tablet, tippte darauf herum und stellte die Verbindung her.

Wieder unterhielten wir uns mehrere Stunden. Dieses Mal ging es allerdings nicht um Superhelden, sondern um die Mythologie der Manti. Die alten Geschichten, wie sie sie gern nannte. Sie klangen wie Mythen, waren zugleich aber auch viel realistischer als die Legenden der Erde. Irgendwann erzählte sie mir die Geschichte von dem Nüsse knackenden König, die ich schon von Steward gehört hatte, doch ich wollte sie nicht unterbrechen und hörte mir auch ihre Version an. Es überraschte mich nicht, dass ihre Erzählungen fast identisch waren. Die Manti waren offenbar in allem sehr präzise.
Nach dem Einblick in die Mythologie ihrer Spezies wandten wir uns der Musik zu.
Ich konnte beim besten Willen nicht von mir behaupten, ein Musikkenner zu sein. Ich wusste so gut wie nichts über berühmte irdische Komponisten, aber auch sie hatte noch

nicht viel darüber gehört. Sie fragte mich allerdings über Musiktheorie aus: über Rhythmus und verschiedene Details, die ein Komponist, ein Musiker oder ein Liedermacher kennen sollte. Leider konnte ich dazu nicht viel sagen.
Später erzählte sie mir von musikalischen Ideen, die meiner Ansicht nach Besonderheiten in der Musik der Manti waren. Andererseits mochte es bei den Menschen auch Entsprechungen geben, von denen ich einfach nichts wusste.
Schließlich hatte ich das Gefühl, sie müsste doch endlich weiter üben, nachdem ich ihr so viel Zeit gestohlen hatte. Ich brachte es nicht über mich, es auszusprechen.
Ich bin ein selbstsüchtiger Schweinehund.
»Ich möchte Sie spielen hören«, platzte ich stattdessen heraus.
Sie legte den Kopf schief. Es gab eine Pause. »Haben Sie mich denn nicht spielen hören, wenn Sie mich durch das Fenster beobachtet haben?«
»Nein. Ich habe nur zugesehen und mir vorgestellt, wie es wäre«, erwiderte ich. »Ich habe mir ausgemalt, wie es klingen könnte.«
»Also gut«, sagte sie. »Nach diesem Zyklus gebe ich ein Konzert. Ich werde Steward bitten, es für Sie zu übertragen. Ich hoffe, es gefällt Ihnen.«
»Ich bin sicher, dass es mir gefällt.«
Damit ging sie und auch ich zog mich zurück.

22

Hin und wieder stellte ich fest, dass ich durch ein Fenster, das ich bislang für uninteressant gehalten hatte, auf einmal ein Wunder sehen konnte, oder zumindest wurde es erheblich spannender. Eines dieser Fenster gehörte zu einem Lager. Möglicherweise war es eine Art Laderaum, auch wenn es keine Außenluke gab. *Laderaum* klang in meinen Ohren jedenfalls freundlicher als *Lagerschuppen*.

Die ganze Zeit über, wann immer ich durch die Fenster hineingeschaut hatte, war dieser Raum unbelebt gewesen. Voller Kisten und Gerümpel zwar, aber ich hatte dort noch nie einen Manti bemerkt, ganz zu schweigen von einem, der gearbeitet hätte. Heute war es anders.

Jetzt waren dort sogar mehrere Manti beschäftigt. An der Decke hing ein Kran und ein Arbeiter hockte rittlings auf einer kleinen, sehr effizienten Maschine, die als Gabelstapler diente. Wer den Kran steuerte, konnte ich nicht erkennen – möglicherweise aber einer der Manti, die mit Tablets ausgerüstet waren. Weitere vier Arbeiter huschten umher, scannten die Kisten und suchten offenbar etwas.

Machten sie eine Bestandsaufnahme?

Gelegentlich zückten sie ein kleines Handgerät und hielten es an die obere Ecke einer Kiste, um anschließend den De-

ckel abzuheben. Das Gerät hatte keine beweglichen Teile, weshalb ich nicht ganz sicher war, welchem Zweck es diente, aber ich nahm an, dass es die Klammern der Deckel magnetisch deaktivierte. Nachdem sie den Inhalt der Kisten untersucht hatten, legten sie die Deckel wieder darauf, zückten erneut das Gerät und tippten einmal auf jede Ecke. Danach wurde der Kasten mit dem Kran oder dem seltsamen Gabelstapler in einen anderen Bereich des Laderaums befördert.
Nach ein paar Minuten war mir klar, wer hier die Aufsicht führte. Es war ein Manti, der fast ununterbrochen mit den Armen gestikulierte und unablässig die Mandibeln bewegte. Er war unverkennbar die Person, die das Sagen hatte.
Die Truppe ähnelte stark einer Arbeiterversion der Sekretärinnen. Hier saßen jedoch keine weiblichen Manti an Computerterminals, sondern kräftige Arbeiter hievten Kisten. Beide Gruppen wurden allerdings von jemandem mit einem Klemmbrett dirigiert.
Sie fanden eine Art Arbeitsrhythmus. Sie holten eine Kiste hervor, öffneten sie, taten mit dem Inhalt, was sie eben zu tun hatten, legten den Deckel wieder auf und beförderten sie weiter hinten auf einen neuen Stapel.
Ich döste ein wenig, doch dann veränderte sich etwas und ich konzentrierte mich wieder. Sie legten einen Deckel auf eine Kiste und der Manti mit dem Gerät tippte lediglich auf zwei Ecken. An der dritten Ecke tippte er nur einmal kurz, dann hob er das Gerät und sah es sich genauer an. Direkt danach drehte er sich um und verschwand aus meinem Blickfeld.
Na, sind die Batterien leer?
Es fiel mir sofort auf, weil es den Rhythmus der ganzen Gruppe störte.

Der Kran kam herab und packte den Deckel. Als er anzog, konnte ich sofort sehen, wie der Deckel rutschte und sich an der Seite, wo die Klammern noch nicht eingerastet waren, nach oben bog. Obwohl der Deckel nicht richtig saß, konnte der Kran die Kiste hoch in die Luft heben.

Als die Kiste an der Decke entlangglitt, gab der Deckel jedoch nach und die Fracht riss sich los und stürzte aus etwa sieben Metern Höhe herab.

Ein Manti stand direkt unter dem Kran, als die Kiste herunterkam. Aus meiner Perspektive sah es aus, als stürzte sie direkt auf ihn.

O verdammt!

Als die Kiste auf den Boden prallte, verschwand der Manti dahinter oder darunter. Auch die Kiste ging beim Aufschlag halb entzwei. Die Seitenwände wölbten sich und ein kleinerer Kasten fiel heraus, landete daneben auf dem Boden und rutschte ein Stück weg.

Alle Manti blieben wie angewurzelt stehen, als die Kiste herabdonnerte, und ich war bereit zu schwören, dass sogar ich durch die Schiffshülle noch den Aufprall spürte. Vielleicht war es aber auch nur mein Bewusstsein, das mit der Erschütterung rechnete und es mir vorspiegelte.

Sofort wurden mehrere Manti aktiv, rannten aus allen Richtungen durch den Laderaum herbei und verschwanden halb hinter der Kiste.

Ein paar Meter entfernt gab es ein zweites Fenster. Mir fiel ein, dass ich von dort aus vielleicht mehr sehen konnte. Also wechselte ich zu diesem Aussichtspunkt und konnte tatsächlich erkennen, dass der Manti nicht ganz unter der Kiste begraben war.

Zwei seiner Beine waren eingeklemmt und auf dem Boden

breitete sich eine dunkle Öllache aus, die aus der unteren Ecke der Kiste drang.
Der vorgesetzte Manti hielt sich etwas zurück und tippte auf seinem Tablet herum, wahrscheinlich verständigte er die Sanitäter. Zwei weitere Manti arbeiteten vorsichtig mit dem Gabelstapler, um die Kiste anzuheben und den verletzten Kameraden zu entlasten.
Die Kiste hob sich, zwei andere Manti zogen den Verletzten heraus und schleppten ihn zwei Meter beiseite. Er zog eine Schleifspur des schwarzen Öls hinter sich her.
Auch aus den verdrehten Beinen schoss das Öl. Es spritzte schräg nach oben, dann gab es eine Pause, dann spritzte es wieder. So ging es mehrere Sekunden weiter, bis ein anderer Manti mit weißen Handtüchern kam, die er den beiden knienden Kollegen reichte. Sie pressten dem Verletzten die Handtücher auf die Beine, um ... um die Blutung zu stoppen?
Ich hockte da wie vom Donner gerührt.
Sehe ich recht? Haben sie schwarzes Blut?
Mein Blick wanderte von dem liegenden Manti zu der Kiste. Ich zoomte heran und sah mir die untere Ecke, die der Gabelstapler angehoben hatte, genauer an. Dort quoll nichts heraus. Das schwarze Öl, das noch dort klebte, stammte tatsächlich von dem Manti und war überhaupt kein Öl.
Einen Herzschlag lang konnte ich nicht begreifen, warum ich diese neue Erkenntnis nicht wahrhaben wollte.
Aber warum sollte ihr Blut denn rot sein? Warum sollte es nicht schwarz sein?
Noch wichtiger, warum war mir die Farbe so wichtig?
Wilma. Deshalb. Der Drecksack hat sie umgebracht.
Jetzt begriff ich es. Er hatte sie gefesselt und sich irgend-

wann mit dem beschmutzt, was offensichtlich ihr Blut war.
Und dann der Gepäckkarren.
Jesus, warum habe ich das nicht gleich erkannt?
Der Karren war gerade groß genug, um eine Leiche zu transportieren. Die tote Wilma.
Blinzelnd schüttelte ich den Kopf.

23

Bevor ich meine neue luftdichte Unterkunft zum zweiten Mal benutzte, war ich vorausschauender. Ich bat um einen Behälter mit Wasser, einen kleinen Eimer, ein paar Lappen, Seife und ein Handtuch. In meinem Werkzeugbeutel fehlten zwei einfache Geräte, die ich brauchte, um die dringend erforderlichen Wartungsarbeiten am Anzug durchzuführen. Mein Werkzeug war für gröbere externe Arbeiten gedacht, wohingegen die kleinen verästelten Leitungen im Anzug nicht zu meinen alltäglichen Aufgaben gehörten. Nachdem ich Steward die notwendigen Utensilien beschrieben hatte, konnten die Schiffsingenieure jedoch passende Teile für mich anfertigen.

Innerhalb vernünftiger Grenzen hatte ich nun alles, was ich möglicherweise benötigte. Zur Sicherheit überprüfte ich das Zelt noch einmal. Alles in Ordnung. Ich schaltete die Heizung ein und überwachte die Temperatur. Zwanzig Minuten später hatte ich wieder den Anzug abgelegt.

Den Nachmittag verbrachte ich damit, mich mit dem Schwamm zu säubern, anschließend rieb ich zum zweiten Mal binnen zwei Tagen die Salbe auf die wunden Stellen. Sobald das erledigt war, reinigte ich den Anzug. Als ich damit fertig war, begannen die Wartungsarbeiten. In Bezug auf

mögliche Probleme des Anzugs hob zwar kein grässliches Schreckgespenst den Kopf, aber er hatte eindeutig schon bessere Zeiten gesehen. Ich konnte mich glücklich schätzen. Nach drei Stunden Arbeit am Anzug beschloss ich, eine Pause einzulegen.
Das habe ich verdient.
Den Anzug und die schmutzige Unterwäsche hatte ich ausgezogen. Jetzt waren zwischen meiner nackten Haut und der Schiffshülle nur noch das kleine Handtuch, das Steward mir gegeben hatte, und die dünne Zeltplane. Doch neben der gut funktionierenden Heizung war mir mit meinen alten Knochen so behaglich wie damals auf der Raumstation. Das schien eine Ewigkeit her zu sein.
So gut ich konnte, legte ich mich in der Notunterkunft hin, schob die Hände hinter den Kopf und verschränkte die Finger. Ich atmete durch die Nase tief ein und aus. Und noch einmal.
Es dauerte keine dreißig Sekunden, bis ich eingeschlafen war.

Irgendein gedämpfter Alarm auf der anderen Seite des kleinen Raumes weckte mich.
Verdammt, ist das kalt.
Ich zog die Arme an mich und schauderte. Die Augenlider brannten, als ich sie öffnen wollte. Ich rieb mir die Augen. Sie waren zugefroren. Mit etwas Reibung der Finger bekam ich sie auf.
Beim Ausatmen sah ich eine Frostwolke. Es war bitterkalt. Ich war benommen und noch nicht ganz bei mir. Ich rieb mir das Gesicht.
Komm schon, Mann, nun wach doch endlich auf.
Meine Gedanken rasten. Was war passiert?

Ich blickte zum Heizgerät. Es war aus. Keine Wärme mehr. Der gedämpfte Alarm kam aus dem Anzug, der auf der anderen Seite des Zelts lag. Ich streckte mich, packte ihn an einem Stiefel und zog ihn herüber, um auf das Display zu blicken.

In diesem Augenblick erwachte anscheinend auch mein Gehirn und registrierte, wie kalt es wirklich war.

Verdammt.

Ich hatte keine Zeit, auf das Display zu blicken. Allmählich kam mein Kopf wieder in die Gänge. Wenn ich nicht blitzschnell den Anzug anlegte, war ich ein ziemlich toter Eiszapfen.

Hektisch fummelte ich mit dem Anzug herum, schob den Fuß in das linke Bein, zog die Montur hoch und machte mit dem rechten Bein weiter. Dabei berührte ich mit der nackten Schulter einen Zeltpfosten. Meine Haut fror sofort fest. Ich riss mich los, wobei ein ordentlicher Fetzen Haut beschloss, lieber bei dem Pfosten zu bleiben. Mit dem Reißen ging ein schreckliches Brennen einher. Ich stieß mich unten ab und schwebte nach oben zum Zeltdach. Der Stoff blieb wenigstens nicht an der Haut kleben.

Langsam konnte ich etwas klarer denken. Mir wurde bewusst, dass ich mir die Unterhosen nicht angezogen hatte. Sie schwebten vor mir. Die Kälte stach auf der Brust, im Gesicht und auf den Armen.

Wie lange war die Heizung schon aus? Vielleicht dauerte es nur zwanzig Sekunden, bis die Temperatur weit genug sank, um den Alarm im Anzug auszulösen. Da ich das Ding gerade anlegte, plärrte der Alarm erheblich lauter.

Das rechte Bein war verdreht, ich kam nicht hinein.

So ein Mist auch! Komm schon!

Ich stieß fester, und was sich dort auch verhakt hatte – auf einmal war das Bein frei und mein Fuß rutschte in die richtige Position. Hinter mir zog ich das Oberteil des Anzugs hoch und drehte mich noch einmal, um die richtigen Ärmel zu finden. Es fühlte sich an wie ein komplizierter Knoten, den ich erst einmal aufdröseln musste.
Als meine Gedanken abschweiften, hob ich die freie Hand und verpasste mir eine Ohrfeige.
Mach weiter, Mann!
Wieder atmete ich eine weiße Wolke aus. Da wurde mir bewusst, dass mich die Panik zu übermannen drohte. Ich versuchte, tief Luft zu holen und lange genug innezuhalten, um den Ärmel zu finden. Die eingeatmete Luft stach in den Lungen. Doch ich war einen Augenblick klar im Kopf und bekam den rechten Arm mühelos hinein. Sobald der Anzug in der richtigen Position war, gab es mit dem zweiten Arm keine Probleme.
Wo ist der Helm?
Ich drehte mich um. Wo war er? Noch eine Drehung.
Mir taten vor Kälte buchstäblich die Augen weh, außerdem hämmerte es in meinen Schläfen.
Verdammt, was suche ich überhaupt? Ach ja, den Helm.
Da war er, direkt neben dem Heizgerät.
Hastig griff ich danach, verfehlte ihn, taumelte gegen die Zeltwand, prallte zurück und landete an einem anderen Pfosten. Ehe ich es mich versah, hatte mein Gesicht einen innigen Kontakt hergestellt. Ich riss mich los und spürte die Quittung auf der Wange und am Augenlid.
»Argh!«, schrie ich.
Wenn ich mich nicht beruhige und mich konzentriere, bringe ich mich selbst um.

Da die Hände jetzt in Handschuhen steckten, konnte ich den Zeltpfosten, dem ich gerade begegnet war, mit der Hand packen und mich drehen, bis die Füße zur Schiffshülle zeigten. Ich hob den Helm hoch und stülpte ihn mir rasch über den Kopf.

Ruhig.

Ich hielt den Atem an und die Nadelstiche in den Lungen hörten auf. Dann konzentrierte ich mich darauf, den Helm ordentlich aufzusetzen. Nur keinen Fehler machen. Ich zog ihn ganz herunter und drehte am Verschlussring, bis es klickte.

»Danke«, sagte ich und atmete erleichtert aus.

Glücklicherweise war die neue Funktion des Anzugs noch aktiv, daher war ich erst einmal gerettet. Es war nicht nötig, auf den Druckausgleich oder die Luftzufuhr zu warten. Sogar die Anzugheizung funktionierte noch. Langsam kehrte das Gefühl in die Extremitäten zurück. Die Wange und die Schulter taten allerdings höllisch weh. Ich konnte wieder atmen, ohne das Stechen zu spüren, und das Pochen im Kopf ließ allmählich nach.

Das laute Zischen brach allerdings nicht ab. Es dauerte etwas, bis mir auffiel, dass die neue Funktion immer noch einen Überdruck herstellte und das Zelt füllte. Sobald ich halbwegs klar denken konnte, fummelte ich auf dem Display herum und schaltete sie ab. Dann setzte ich mich und atmete einige Male tief durch, um das Herz zu beruhigen, ehe ich die restlichen Verschlüsse des Anzugs abdichtete.

Als ich das nächste Mal mit Steward sprach, erzählte ich ihm von meinem Erlebnis. Nachdrücklich erklärte er mir, die Heizung sei gerade stark genug, damit ich meine gesundheitlichen Bedürfnisse befriedigen und mich wieder anziehen konnte. Er konnte nicht begreifen, wie ich auf die Idee gekommen war, ein Nickerchen zu machen.

Darauf konnte ich nichts anderes tun als lachen, weil es nicht möglich war, ihn durch das Glas hindurch zu erwürgen. Allerdings bestand ich darauf, dass er mir die technische Beschreibung des Heizgeräts gab, damit ich beim nächsten Mal genau über die Beschränkungen im Bilde war.

24

In dieser Nacht schlief ich unruhig. Als ich aufwachte, erinnerte ich mich verschwommen an einen Traum, der sich rasch verflüchtigte und lediglich ein schwer greifbares Unbehagen zurückließ. Da ich keine Lust hatte, wie üblich meine Runden zu drehen, blieb ich in der Nische, bis Steward sich meldete.

Nach dem ersten Spiel, das damit endete, dass Steward alle drei Brücken kontrollierte – was mir ein wenig Salz in die Wunden rieb –, stellte ich ihm, ohne groß nachzudenken, eine Frage.

»Steward, welche Farbe hat euer Blut?«

»Es ist schwarz«, antwortete er und neigte, wie ich es von ihm kannte, den Kopf.

Aha.

»Warum?«, fragte er.

Ich schüttelte leicht den Kopf »Ich ... ich war nur neugierig.«

Steward baute das Spiel neu auf, doch mitten im zweiten Spiel verlor ich die Lust daran. Deshalb ließ ich ihn absichtlich möglichst schnell gewinnen, stellte Soldaten an verwundbare Positionen und verzichtete auf mehrere günstige Züge. Meine Bemühungen schenkten Steward einen raschen Sieg. Als er die Steine einsammelte, entschuldigte ich mich und

sagte, ich hätte nicht gut geschlafen. Er nickte und ich verließ ihn, bevor er das Spiel weggeräumt hatte.
Ich suchte nicht meine Nische auf, sondern steuerte das Fenster der Sekretärinnen an.
Wilma war nicht da, was mich inzwischen aber nicht mehr überraschte. Im Gegenteil, ich wäre erschrocken, wenn ich sie lebendig und bei der Arbeit angetroffen hätte.
Ich blieb mehrere Stunden dort und wartete, ob doch noch ein Wunder geschah und sie einfach hereinspazierte. Was sie natürlich nicht tat.
Später zog ich mich am Schiff entlang, bis ich direkt vor dem Fenster des Botschafters schwebte. Das Licht war aus, er war nicht da. Ich schnallte mich an und bereitete mich auf die Nacht vor.
Was wollte ich mit meinem neu gewonnenen Wissen anfangen? Ich hatte keine Ahnung. Und ich hatte nicht den Wunsch, viel Wirbel zu machen. Verdammt auch!
Fünf Stunden vergingen, in denen sich absolut nichts rührte. Dann glitt die Eingangstür seiner Suite auf und er kam herein. In der nächsten Stunde geschah nichts Bemerkenswertes. Nach einer Weile streckte er sich auf dem Sitzsack aus und löschte das Licht.
Was hatte ich eigentlich erwartet? Ich wusste es selbst nicht. Irgendwann schlief ich im Sitzen ein und wachte am nächsten Morgen verkatert auf. Der Botschafter war nicht da. Das Licht war aus, der Bewohner fort. Ich blieb dort, weil ich mich nicht bewegen wollte, bis Steward mich rief.
Auf dem Weg zum Freizeitraum machte ich einen Umweg und schaute bei den Sekretärinnen vorbei. Wilma war immer noch nicht da, aber das war nach wie vor keine Überraschung.

Als ich den Freizeitraum erreichte, baute Steward schon die Brücken auf.
»Steward«, begann ich, »wenn es Ihnen recht ist, möchte ich heute nicht spielen.«
Er legte den Kopf schief.
»Kennen Sie die Frau mit den großen runden Punkten rings um den Hals?«, fragte ich. »Ungefähr so groß.« Ich formte Finger und Daumen zu einem Ring.
Er neigte den Kopf etwas weiter und ließ sich mit der Antwort Zeit. »Ja.«
»Ich dachte mir schon, dass Sie sie kennen, weil Sie ja schließlich in ein und demselben Schiff stecken«, erklärte ich.
Jetzt hielt er den Kopf wieder gerade.
»Könnten Sie sich ein paar Minuten Zeit nehmen und nach ihr sehen?«, fragte ich. »Und bitte fragen Sie mich nicht nach dem Grund, ja?«
Wie auf Stichwort neigte sich sein Kopf zur Seite.
»Sofort?«
»Ja, wenn es möglich ist.«
Er nimmt es gut auf. Ich kenne keinen Menschen, der nicht mit einem Dutzend Gegenfragen reagiert hätte.
Wortlos packte er das Spiel zusammen und ging.
Ich hockte da und fragte mich, wie lange er brauchen würde. Sollte ich bleiben oder gehen? Ich entschied mich zu gehen. Ich kehrte zur Suite des Botschafters zurück. Er war nicht da.

Zehn Minuten vergingen.
»Tech vier?«
»Ja«, antwortete ich.

»Ihre Kabine ist leer«, berichtete Steward. »Ich sehe jetzt an ihrem üblichen Arbeitsplatz nach.«
»Gut«, antwortete ich.
Anscheinend bekam ich ständig aktualisierte Berichte. Wie freundlich von ihm.
Kurz danach ließ er wieder von sich hören. »Tech vier?«
»Ich höre.«
»Sie ist nicht am Arbeitsplatz«, begann Steward. »Ihr Vorgesetzter sagte mir, sie sei vor ein paar Tagen versetzt worden.«
»In Ordnung. Wohin denn?«, fragte ich.
Übersetzung nicht möglich.
»Äh, das lässt sich wohl nicht übersetzen.«
Wieder ein Klicken und ein Summen. *Übersetzung nicht möglich.*
»Nein, es funktioniert nicht«, sendete ich zurück. »Was es auch ist, bei uns gibt es dafür anscheinend keine Entsprechung.«
Vielleicht sind es streng geheime Manti-Aktivitäten.
»Aber egal. Könnten Sie dort für mich nachsehen?«
»Ja«, antwortete er.
Dieses Mal dauerte es etwas länger, bis er sich meldete. Nun informierte er mich, dass ihr neuer Vorgesetzter über die Versetzung nicht informiert war, und sie habe sich auch nicht zum Dienst gemeldet.
»Könnten Sie die Logdateien überprüfen und herausfinden, wann sie sich das letzte Mal angemeldet hat oder so?«
»Ich habe nicht die nötige Freigabe, um ihren Zugriff auf das Terminal zu überprüfen«, erklärte er.
»Ich meine nicht ihr Terminal«, wandte ich ein, »sondern ihre Bewegungen auf dem Schiff. Aufzeichnungen der Tü-

ren, wenn sie einen Bereich betritt oder verlässt. Solche Dinge.«

Er legte schon wieder den Kopf schief.

»Wir zeichnen die Bewegungen der Individuen auf dem Schiff nicht auf«, widersprach er. »Tun die Terraner so etwas?«

»Schon gut«, sagte ich. »Fällt Ihnen eine andere Möglichkeit ein, sie ausfindig zu machen?«

»Nein.«

Es war still im Com-Kanal, als wir beide nachdachten.

»Können Sie herausfinden, wer die Versetzung veranlasst hat und warum ihr neuer Vorgesetzter nichts davon wusste?«

»Ja«, bestätigte er. »Das muss jedoch bis zu meinem nächsten Zyklus warten.«

»Morgen?«

»Ja. Der Offizier, der für die Personaleinteilung zuständig ist, befindet sich gerade im Schlafzyklus.« Sogar durch die Übersetzungsmaschine war unverkennbar, dass er heute Abend nichts mehr tun würde.

»Gut. Sagen Sie es mir, wenn Sie etwas herausfinden.«

»Ja, Tech vier. Ich nehme mit Ihnen Verbindung auf, sobald ich neue Informationen habe. Jetzt muss ich zum Dienst.«

»Gut, Steward«, sagte ich. »Danke für Ihre Bemühungen.«

Es wurde wieder still im Com.

25

Stewards Anruf holte mich aus dem Halbschlaf. Ich riss mich zusammen und antwortete. Fünf Minuten später trafen wir uns am Fenster der Luftschleuse. Er sagte es nicht, aber ich hatte den Eindruck, dass er dieses Gespräch nicht in der Öffentlichkeit im Freizeitraum führen wollte.

»Also, was wissen wir?«, erkundigte ich mich.

»Sie haben mich gebeten, keine Fragen zu stellen«, begann er. »Das fällt mir jetzt sehr schwer. Darf ich Sie bitte fragen, wie Sie dazu gekommen sind, nach dieser bestimmten Manti zu fragen?«

»Heißt das, Sie haben etwas herausgefunden?«

»Ja«, erklärte er. »Sie ist tot.«

»Ich wusste es.« Ich seufzte.

»Warum haben Sie nach ihr gefragt?«, wiederholte Steward mit so viel Betonung, wie es das Übersetzungsprogramm hergeben wollte.

»Ich sah ihre Ermordung«, berichtete ich. »Oder jedenfalls die letzten Ereignisse vor ihrer Ermordung.«

Er legte den Kopf schief. »Das ist nicht möglich. Sie wurde nahe am Kern des Schiffs gefunden, nicht weit von ihrem neuen Posten entfernt. Dort können Sie nichts sehen.«

»Wo denn?«, fragte ich. »Wo hat man sie gefunden?«

Übersetzung nicht möglich. Steward hielt inne. Dann sagte er langsam: »Ätzend, giftig, Verarbeitung von Chemikalien.«

Ich schüttelte leicht den Kopf. »Man hat sie versetzt, um Chemikalien zu verarbeiten?«

»Ja, aber …«

»Lassen Sie mich raten«, fiel ich ihm ins Wort. »Sie ist dummerweise an einer Chemikalie gestorben, die forensische Untersuchungen verhindert.«

Wieder legte er den Kopf schief. »Ja.«

»Und niemand hat den ›Unfall‹ gesehen?« Ich malte die Anführungszeichen in die Luft, aber dann fiel mir ein, dass Steward es nicht verstehen konnte.

»Noch einmal ja, Tech vier. Woher wissen Sie das?«

»Es klingt plausibel, dass er seine Spuren verwischen wollte«, entgegnete ich. »Er hat sie in seiner Kabine getötet. Dann musste er das Verbrechen vertuschen. Er konnte die Leiche nicht einfach beseitigen, obwohl mir ein Dutzend Methoden einfallen würden, um das zu tun. Auf einem Schiff verschwindet man aber nicht einfach so. Das hätte Nachforschungen ausgelöst. Deshalb musste er einen Unfall vortäuschen. Der Mangel an forensischen Beweisen war eine Vermutung, auf die ich kam, nachdem Sie die Chemikalien erwähnt hatten. Das macht die Sache noch plausibler.«

Wir starrten einander schweigend an.

»Das ist noch nicht alles«, fuhr Steward schließlich fort. »Es gab Unstimmigkeiten bei ihrer Versetzung.«

»Ach ja?«

»Ehe die Leiche entdeckt wurde, fragte ich beim Personaloffizier nach. Er wusste nichts von der Versetzung und bestand darauf, dass so etwas ohne seine Einwilligung nicht möglich sei.«

»Interessant«, sagte ich halblaut.
»Außerdem habe ich nach dem Fund der Leiche mit ihrem neuen Vorgesetzten gesprochen.«
»Ja?«
»Er erklärte mir, man müsse drei verschiedene Sperren abschalten, ehe man den Container öffnen kann, in dem sie starb.«
Er schwieg. Sicher nahm er an, dass ich wusste, was dies zu bedeuten hatte.
»Sie war gar nicht dazu ausgebildet, richtig?«
»Richtig«, bestätigte er.
»Woher wusste sie dann, wie man ihn öffnet?«
»Genau. Außerdem erforderte eine der Sperren Zugriffsrechte, die über den ihren lagen«, erklärte er.
Ich stieß ein nervöses kleines Lachen aus.
Steward glaubte mir. Ich war nicht verrückt.
»Sagen Sie mir, was Sie gesehen haben«, verlangte er.
Ich erzählte es ihm. Ich berichtete von dem Schlag, bei dem ich nicht sicher gewesen war, ob es sich überhaupt um einen Angriff gehandelt hatte, über das blutige schwarze Handtuch und den Karren, in dem sich ihre Leiche befunden hatte.
Da fiel mir ein, dass Steward nicht nach dem Manti gefragt hatte, der es getan hatte. Vielleicht war es noch nicht richtig zu ihm durchgedrungen.
»Sind Sie nicht neugierig, wer es war?«
»Nein, Tech vier, bin ich nicht.«
Wie bitte?
Mir war die Verwirrung sicher anzusehen und Steward schien es zu erfassen. »Sie haben den Mord nicht gesehen. Sie haben die Leiche nicht gesehen. Und selbst wenn, unse-

re Gesetze untersagen bei internen Angelegenheiten fremde Zeugnisse gegen unsere eigene Spezies.«
»Also würde niemand zuhören, selbst wenn ich es gesehen hätte?«
»Nein, Ihnen würde niemand zuhören«, bestätigte er.
»Aber wie kommt es, dass Sie kein Interesse an seiner Identität haben?«, fragte ich.
»Es wäre nicht fair oder angemessen, einen Verdacht gegen ihn zu hegen, da die Beweise die Behauptung nicht stützen.«
»Aber Sie glauben mir doch, oder?«, platzte ich heraus. »Oder nicht?«
»Ja, Tech vier, ich glaube Ihnen. Aber das ändert nichts an der Tatsache, dass man es nicht beweisen kann. Warum sollte ich mich mit dem Wissen um seine Identität belasten? Das wäre nicht angemessen.«
»Sie machen Witze!«, rief ich.
»Nein, ich versichere Ihnen, dass es mir völlig ernst ist«, widersprach er.
Ich war sprachlos.
Wir schwiegen eine Weile, dann musste Steward seinen Dienst antreten.

26

Den Rest des Tages hockte ich vor dem Fenster des Botschafters; er ließ sich mehrere Stunden lang nicht blicken. Als er endlich kam, blieb es so langweilig, wie es war.
Im Grunde ging er seinen Alltagsverrichtungen nach und tat nichts Ungewöhnliches.
Mein knurrender Magen erinnerte mich daran, dass ich seit zwei Tagen nichts mehr gegessen hatte. Ich wollte gerade in meine Nische schweben, um etwas zu mir zu nehmen, als der Botschafter durch den Raum zu der Ecke ging, wo ein Podest mit einer steinernen geometrischen Figur stand. Er hob sie hoch und drückte auf etwas, das sich darunter befand. In der Seite des Podests ging ein Fach auf.
Geheim, geheim.
Behutsam nahm er ein zusammengewickeltes Handtuch heraus und schloss das Fach wieder.
Dann ging er zum Tisch, legte das Handtuch darauf und wickelte es aus. Drinnen steckte der verzierte Dolch, noch vom getrockneten Blut verklebt.
Genau, der Dolch!
Ich hatte den Dolch völlig vergessen. Das musste die Mordwaffe sein. Fälschlicherweise hatte ich angenommen, der Mörder hätte alle blutigen Beweise längst beseitigt.

Das war ihr Blut. Wilmas Blut. Ihre DNA, direkt vor mir.
Ich öffnete einen Kanal und rief Steward. Er antwortete nicht.
Der Botschafter begann, den Dolch zu reinigen. Die Beweise bröckelten ab und fielen herunter, als er die Waffe mit einem Tuch abrieb. Sobald er mit dem trockenen Tuch alles getan hatte, was damit möglich war, griff er nach einer kleinen Bürste. Sie war zierlich genug, um alle Ritzen und Dellen zu erfassen.
Nur wenige Minuten später war die Trockenreinigung beendet und er nahm ein feuchtes Tuch.
Noch einmal versuchte ich, Steward zu erreichen.
Ich konnte buchstäblich zusehen, wie der Manti nach einem Mord ungeschoren davonkam.
Verdammt, Steward, nun melde dich endlich!
»Ja, Tech vier?«
»Steward«, sagte ich ohne Einleitung, »ich beobachte ihn. Er reinigt das Messer und beseitigt die Beweise.«
Schweigen.
»Steward?«, fauchte ich.
»Es tut mir leid«, sagte er. »Wie ich Ihnen schon sagte, können wir anhand der vorliegenden Informationen nichts weiter tun.«
»Ist das nicht allerliebst?«
Eine Weile später beendete der Botschafter die Reinigungsprozedur und begann, das Messer einzuölen, wie ich es schon einmal beobachtet hatte.
Als er fertig war, wickelte er es in ein frisches Handtuch und verstaute es mit, wie mir schien, ehrfurchtsvollem Gebaren wieder im Geheimfach unter der Statue.

27

Am Morgen des Konzerts sprangen meine Gedanken zwischen dem bevorstehenden Ereignis, dem Hurensohn von Botschafter und Wilma hin und her. Ich freute mich darauf, am Nachmittag Bubbles zum ersten Mal spielen zu hören, und war zugleich frustriert, weil ich in Bezug auf Wilmas Ermordung nichts tun konnte.

Es war eine Sache, ein Verbrechen zu beobachten und es zu melden, um dann den Behörden den Rest zu überlassen. Es war aber eine ganz andere Geschichte, wenn sich die Autoritäten um das, was ich gesehen hatte, einfach nicht kümmern wollten.

Das verdammte Gesetz.

In ihren Augen war ich es nicht einmal wert, angehört zu werden.

Steward hatte versucht, mir zu erklären, welche Überlegungen hinter der Vorschrift standen, das Zeugnis von Fremden auszuschließen. Ehrlich gesagt, hatte ich gar nicht zugehört. Es war Unfug.

Andererseits sollte dieser Tag dank des Konzerts am Nachmittag einer der schönsten seit Beginn dieser Reise werden. Leider fiel es mir schwer, ihn zu genießen, weil ich ständig an Wilma denken musste. Und an ihn.

Schon zwei Stunden vor Beginn der Aufführung hockte ich am Fenster des Konzertsaals. Das hier wollte ich auf keinen Fall verpassen. Um keinen Preis.
Vorsichtshalber aktivierte ich im Display noch einen Timer. Man konnte ja nie wissen. Schließlich war ich schon öfter aus reiner Langeweile eingeschlafen. Deshalb ergriff ich lieber alle nur erdenklichen Vorkehrungen.
Schweigend saß ich da und dachte zum wer weiß wievielten Mal darüber nach, wie die Musik wohl klingen würde. Die Manti-Sprache enthielt viele Klick- und Kehllaute, hin und wieder auch Pfiffe. Wenn ich Bubbles beim Musizieren zugesehen hatte, war die Musik, die ich mit dem inneren Ohr hörte, den Sprachbeispielen, die ich kannte, unwillkürlich recht ähnlich gewesen. Eine melodische Form der Klicklaute und Pfiffe, der gesprochenen Sprache sehr ähnlich. Jetzt gab ich meiner Fantasie etwas mehr Raum, aber um ehrlich zu sein: Ich kam doch immer wieder auf das Klicken und Pfeifen zurück.
Wie sich herausstellte, war ich nicht sehr kreativ.

Endlich strömten die Manti in den Raum. Einer brachte Bubbles' Topf und das Instrument und baute es im Zentrum auf. Dann füllte er den Topf und legte die Maske und das schlauchförmige Instrument auf einem Handtuch bereit. Daneben lag ein Stapel mit weiteren Handtüchern.
Als der Raum fast voll war, trat endlich auch Bubbles ein. Mehrere Manti empfingen sie am Eingang, einige standen von den Sitzsäcken auf und gingen ihr entgegen. Sie begrüßten sie förmlich, wie ich es schon einige Male gesehen hatte, indem sie beide Arme ausstreckten und sich mit den Fingern berührten. Dann zogen sie die Arme zurück und

tippten einander dabei wie in Zeitlupe mit den Fingern auf die Unterarme.
Das hatte mich schon vorher neugierig gemacht. Auf meine Frage hin hatte Steward mir erklärt, nicht jedes Tippen beim körperlichen Kontakt sei ein Ausdruck der Tastsprache. Bei einer höflichen Begrüßung habe das Tippen nichts weiter zu bedeuten. Allerdings sei es denkbar, dass die Bewegungen ursprünglich eine Bedeutung gehabt hatten, die jedoch im Laufe der Jahrtausende verloren gegangen sei. Heute habe die Geste jedenfalls keinen tieferen Sinn mehr.
Bubbles bahnte sich einen Weg durch die Gäste und hockte sich mitten im Raum rittlings auf den Sitzsack. Reglos wartete sie dort. Mir fiel ein, dass bis zum angekündigten Beginn noch Zeit war. Ich sah auf die Uhr und rechnete es aus. Richtig, wir hatten noch ein paar Minuten.
Mein Com sprach an.
»Tech vier«, hörte ich Stewards Stimme.
Junge, das wird aber auch Zeit.
Ich ließ den Blick durch den Raum wandern und sah ihn auf einem Sitzsack lümmeln.
Wann ist er hereingekommen?
»Steward«, antwortete ich lächelnd.
»Ich habe einen Breitbandkanal geöffnet. Das sollte für das Konzert die bestmögliche Audioübertragung gewährleisten.«
»Vielen Dank.« Ich meinte es ernst.
Als Bubbles mit dem ersten Stück begann, hielt ich vor Anspannung den Atem an und rang mit mir, ob ich bei den ersten Tönen die Augen schließen sollte oder nicht. Ich entschied mich dafür.

Blubb … blubb … platsch … blubb … platschplatsch. So klang es. Es waren seltsame Geräusche; sie klangen tatsächlich nach großen Blasen, die aus der Oberfläche einer zähen Flüssigkeit hervorbrachen.

Interessant.

Nach ein paar Augenblicken setzte ein leises elektronisches Summen ein. Es war tief und gleichmäßig. Ich öffnete die Augen und beobachtete genau, was sie im Topf tat. Was ich sah, verschaffte mir allerdings keine neuen Informationen. Dann betrachtete ich die aufgebauten Lautsprecher und überlegte, was das Summen zu bedeuten hatte.

Es blieb konstant und gleichmäßig, schien aber fast unmerklich einen Rhythmus zu entwickeln. Zugleich waren die Noten zu hören, die den platzenden Blasen in dem mit Flüssigkeit gefüllten Topf entsprachen.

Platsch … blubb … blubb … platschplatsch.

Ich konzentrierte mich auf die aufsteigenden Blasen. Die leichten Veränderungen des elektrischen Summens schienen den Blasen zu entsprechen. Verschiedene Elemente, die scheinbar ein eigenes Timing und einen eigenen Rhythmus gehabt hatten, synchronisierten sich nun. Auf einmal erinnerte mich das Summen an den Grundton, den Dudelsäcke von sich gaben. Es war schon für sich genommen schön (vorausgesetzt, man hatte das richtige Ohr dafür).

Dann riss mich ein *Tscha-tschack* aus dem Tagtraum, ein einzelner schräger Ton, der für mein Ohr völlig danebenlag.

Im gleichen Moment zuckte Bubbles.

Gleich danach wiegte sie sich wieder zum *blubb* und dem unterschwelligen Summen. Dann kam erneut ein groteskes *Tscha-tschack*, bei dem sie zuckte.

Mann!

Ich musste lachen und wandte mich sofort ab, damit es niemand sah. Steward und Bubbles waren jedoch vermutlich sowieso die Einzigen in dem Raum, die mein Lachen als das erkannten, was es war. Eine spielte eifrig mit geschlossenen Augen, der andere beobachtete die Musikerin. Keiner achtete auf mich.
Es war wirklich ein bittersüßer Moment. Auf eine surreale Weise mochte ich, was ich hörte, während es andererseits beinahe unfreiwillig komisch klang. Der Rhythmus war völlig anders, als ich ihn mir vorgestellt hatte. Die Noten schienen nicht zusammenzupassen und das eigenartige *Tschatschack* klang eher wie ein besabberter Quietschhund, den man heftig gegen eine Wand warf, als nach einer musikalischen Darbietung.
Ich erinnerte mich an einen Dokumentarfilm, den ich vor einigen Jahren gesehen hatte. Dort hatten sie ein Musikstück und die ihm innewohnende Mathematik untersucht und aufgezeigt, was das menschliche Gehirn als angenehm empfand. Es hatte viel mit den Abständen zwischen den Tönen zu tun. Wenn eine Note die halbe Wellenlänge einer anderen hatte, klangen sie zusammen angenehm. Bei einem Drittel ging es auch und bei zwei Dritteln passte es ebenfalls. All das funktionierte, weil das menschliche Gehirn dazu verdrahtet war, diese Strukturen zu erkennen und sich daran zu erfreuen.
Irgendetwas im Manti-Gehirn war sicherlich darauf eingestimmt, auf diese Musik abzufahren. Bei mir herrschte eher Funkstille.
Zugleich mochte ich sehr, was ich hörte. Ich kicherte fast unkontrolliert. Schließlich lachte ich so heftig, dass mir die Tränen in die Augen schossen. Ich mochte es wirklich.

Da bemerkte ich, dass sich das Publikum mit Bubbles wiegte. Also beruhigte ich mich wieder und folgte ihrem Beispiel. Wiegen, wiegen, wiegen, rucken. So ging es weiter.
Drei Lieder später ließ ich den Blick langsam über die Zuschauer wandern und der komische, wundervolle Moment, den ich erlebte, platzte wie eine Seifenblase.
Hinten in der Ecke saß der Botschafter.
Jesses!
Er hatte sich unter das Publikum gemischt, blickte nach vorn zu der Musikerin und wiegte sich wie alle anderen. Aber die Körperhaltung war ...
Die Wut brandete in mir auf. Wut und eine ungeheure Frustration.
Warum? Verdammt, warum muss er jetzt hier sein? Warum ausgerechnet heute Abend?
Statt das skurrile, seltsame Konzert zu verfolgen, starrte ich voller Hass und Abscheu unverwandt diese Kreatur an. Hass, weil er mir diesen schönen Moment zerstörte. Davon hatte ich so wenig.
Ich zoomte heran.
Die Mandibeln ruhten über und unter dem offenen Maul und verrieten, wie überlegen er sich fühlte.
Nein, eigentlich nicht. Aber in diesem Moment kam es mir so vor. Unterbewusst hatte ich ihm womöglich menschliche Verhaltensweisen zugeschrieben. Gleich würde er sich den grotesken, überlangen, gewichsten Schnurrbart reiben und zwirbeln, nicht wahr?
Ich blickte wieder zu Bubbles.
Wiegen, wiegen, ruck.
Ich holte tief Luft und atmete betont langsam wieder aus.
Sie hatte mich gebeten, hier zu sein. Sie wünschte es sich.

Sie wollte, dass ich ihre Musik hörte. Ja, ich fand die Darbietung ein wenig seltsam. Aber ich gab mir Mühe, es zu mögen. Dieser Drecksack durfte es mir – uns – nicht verderben. Ich konzentrierte mich auf Bubbles und verdrängte dieses Biest in der Ecke.
Es fiel mir verdammt schwer.

28

Als Bubbles das letzte Stück beendet hatte, zog sie das Instrument aus dem Topf und wischte es mit einem Handtuch ab. Dann legte sie es behutsam auf das ausgebreitete Tuch und trocknete sich die Unterarme ab.

Schließlich setzte sie sich aufrecht und atmete tief und deutlich sichtbar ein, als wollte sie die Luft anhalten, ehe sie langsam wieder ausatmete. Sie schlug die Augen auf und bog die Mandibeln zu einer erfreuten Miene. Die Arme ruhten entspannt an ihren Seiten, während sie etwas in die Luft tippte, das ich nicht mitbekam. Stolz vielleicht?

Langsam stand sie auf, sofort folgten viele Manti ihrem Beispiel und gingen langsam auf sie zu. Sie blieb stehen und widmete sich der Reihe nach den Zuhörern, um mit ihnen abermals den formellen Gruß zu wechseln. Möglicherweise verlief es dieses Mal ein wenig anders, doch ich konnte nichts erkennen, was sich von der Begrüßung vor der Vorstellung unterschied.

Ich starrte sie an und lächelte. Zufrieden.

»Tech vier«, sagte Steward in meinem Ohr.

»Äh, ja, Steward?«

»Ich muss zu meiner Arbeit zurückkehren. Ich trenne jetzt die Verbindung und wünsche Ihnen einen guten Abend.«

»Danke, Steward, ebenso.«
Ich sah ihm nach, als er zum Eingang eilte und auf dem Gang verschwand.
Dann erinnerte ich mich an den Botschafter. Er blieb sitzen, während alle anderen zu Bubbles gegangen waren, um sich zu verabschieden oder ihr zu gratulieren. Einige hatten den Saal bereits verlassen. Dieser Drecksack saß einfach nur da.
Endlich löste sich der letzte Zuhörer von Bubbles und ging hinaus. Erst jetzt stand der Botschafter langsam auf und ging zu ihr, um ihr ebenfalls zu gratulieren. Er bewegte sich exakt so, wie ich es mir bei einem vierbeinigen bösen und sehr mächtigen Alien vorgestellt hätte. Als er sich langsam von Bubbles zurückzog, hielt er plötzlich inne und hielt sie fest. Ich sah, wie sich seine Mandibeln bewegten. Bubbles legte den Kopf ein wenig schief.
Verdammt, was sagt er zu ihr?
Was war da los? Ich schwor mir, wenn er sie schlug, würde ich direkt durch die Scheibe brechen und ihn erwürgen.
Er redete weiter mit ihr und sie stand wie angewurzelt da, sagte nichts und hörte nur zu.
Ich bewegte mich direkt vor das Glas und legte mich flach darauf. Die ganze Zeit fragte ich mich, was er zu ihr sagte. Warum stand sie nur da und hörte diesem Kerl schweigend zu? Sie hatte keine Ahnung, was er getan hatte, so viel war mir klar. Aber er war offensichtlich ein ... mir fiel kein Wort ein, das in der Kultur der Manti gepasst hätte.
Nicht vergessen: Steward muss mir ein paar Schimpfwörter beibringen.
»Geh einfach weg, Bubbles«, flehte ich leise. »Wenn du nur wüsstest.«

Sie standen einen Moment da und umarmten sich mehr oder weniger.
PENG! Ich spürte die Erschütterung, nachdem meine Handfläche das Glas getroffen hatte, bis in die Schulter.
Die Manti drehten sich erschrocken zu mir um.
Ich schloss die Augen.
Verdammt!
Die Gefühle hatten mich überwältigt. Mir war nicht einmal bewusst gewesen, was ich getan hatte. Wie beim ersten Mal, als Bubbles mich an der Scheibe ertappt hatte. Nur, dass ich dieses Mal nicht entrückt war, sondern wütend.
Ich löste mich vom Glas und ließ die beiden, die mich anstarrten, hinter mir zurück.

29

Am nächsten Morgen beschloss ich, den Botschafter, so gut es ging, in jeder freien Minute zu beobachten.
Vorher hatte ich außerhalb seiner eigenen Kabine kaum auf ihn geachtet. Jetzt blieb ich, natürlich im Schatten verborgen, ständig an seinem Fenster. Wenn er ging, passte ich genau auf, in welche Richtung er sich wandte, und versuchte, ihm mithilfe der Außenfenster zu folgen. Oft verlor ich ihn aus den Augen, wenn er sich von den Fenstern entfernte und in den Tiefen des Schiffs verschwand. Dann überlegte ich, wo er wieder auftauchen konnte, und hielt durch, bis ich ihn wieder ausfindig gemacht hatte. Entweder dies oder ich kehrte zum Ausgangspunkt zurück und überwachte seine Suite.
Ich wünschte, ich hätte Steward einbeziehen können, doch er hatte mir deutlich zu verstehen gegeben, dass er nichts damit zu tun haben und nicht wissen wollte, wer dieser feine Herr war.
Einmal, als er mich abgehängt hatte und nirgends zu entdecken war, zog ich mich zum Konzertsaal hinüber. Ich hatte keine Ahnung, wo Bubbles' Quartier war (vermutlich irgendwo tief im Inneren des Schiffs, wo es keine Fenster gab). Doch ich wollte irgendetwas tun.

Ich zückte die Tube mit Schmiere und quetschte mir ein wenig auf den Finger. Ich wollte ihr eine Warnung schreiben. Aber wie sollte ich es formulieren?
In Großbuchstaben krakelte ich die Worte auf das Fenster.
HALTE DICH VON IHM FERN.
So.
Ich war sicher, dass sie es verstand. Als ich versucht hatte, durch das Glas zu greifen, war er der einzige Manti im Raum gewesen. Sie würde es verstehen.
Dann fiel mir ein, dass sie meine Schrift nicht lesen konnte.
Was soll's.
Ich vergaß die Idee gleich wieder und kehrte zur Suite des Botschafters zurück. Aus reinem Trotz mir selbst gegenüber ließ ich die Botschaft trotzdem stehen.

In der Mitte des zweiten Tages meiner Verfolgungsjagd entdeckte ich ihn direkt vor der Cafeteria. Wenn ich mich recht erinnerte, hatte ich ihn dort noch nie gesehen. Wahrscheinlich verfügte er irgendwo über ein privates Esszimmer. Die Tür der Cafeteria war geöffnet. Er stand direkt vor dem Eingang im Flur und betrachtete irgendetwas. Ich folgte seinem Blick, und ...
Verdammt!
Bubbles. Sie saß auf der anderen Seite des Raumes und legte verschiedene gewürfelte, an Tofu erinnernde Brocken in die Schale mit der essbaren Säure.
Der Botschafter stand nur da. Die anderen Manti gingen an ihm vorbei, als sie den Raum betraten oder verließen. Er ließ sich durch sie nicht stören und sie machten einen großen Bogen um ihn.
Es kostete mich meine ganze Überwindung, nicht wieder

gegen die Scheibe zu hämmern. Ich hielt im Schatten die Stellung.

Schließlich setzte sich der Botschafter in Bewegung. Er betrat die Messe und ging direkt zu Bubbles.

Inzwischen hatte sie aufgegessen und räumte ihr Geschirr ab. Er sagte etwas zu ihr, das sie zu verblüffen schien. Sie sah sich in dem Raum um, richtete den Blick wieder auf ihn. Dann nickte sie, nahm das Tablett und ging zur Abgabestelle.

Der Botschafter zog sich unterdessen wieder zur Tür zurück und blieb stehen, um sie zu beobachten.

Als sie das Geschirr gereinigt hatte, kam sie zu ihm zur Tür und dann gingen sie nebeneinander den Korridor hinunter.

Bubbles!

Ich konnte ihnen nicht weit folgen, ehe der Gang eine Biegung machte und sich von der Außenhülle entfernte.

So saß ich eine ganze Weile am Fenster und malte mir aus, was er wohl von ihr wollte und wohin sie gingen. Ich fürchtete, die Antwort auf eine der Fragen bereits zu kennen. Mir wurde übel, wenn ich zu lange darüber nachdachte.

Schließlich stieß ich mich ab und kehrte zu seiner Suite zurück.

30

Auch am nächsten Tag beschattete ich den schmierigen Botschafter. Wenn er außer Reichweite meiner Überwachungsmaßnahmen war, eilte ich zum Konzertsaal oder zur Cafeteria, um nach Bubbles Ausschau zu halten. Es war nicht ungewöhnlich, dass ich sie mehrere Tage nicht sah, weil sie irgendwo tief im Inneren des Schiffs an einem Ort schlief und arbeitete, der mir nicht zugänglich war. Aber ich hoffte, sie bald zu entdecken.

Den Botschafter beobachtete ich pausenlos, so gut es eben ging. Als er an diesem Abend schlief, suchte ich den Konzertsaal auf und löschte die Warnung, die ich dort hinterlassen hatte. Stattdessen schrieb ich: »RUF MICH AN.« Hoffentlich erkannte sie es als Schriftsprache und ließ es sich vom Computer übersetzen.

Inzwischen kannte ich den Tagesablauf des Botschafters so gut, wie es mir bei meinem begrenzten Einblick in das Schiff überhaupt möglich war. Als mich am nächsten Tag der Wecker aus dem Schlaf riss, erwachte ich festgezurrt auf dem Beobachtungsposten vor seinem Fenster. Er würde bald aufstehen, also streckte ich mich und versuchte, ebenfalls wach zu werden.

Dreißig Minuten später war es in der Kabine immer noch dunkel. Ich überprüfte mein Display, rechnete nach und sah meine Notizen durch. Meines Wissens war er noch nie vom gewohnten Ablauf abgewichen und hatte lange geschlafen. Viele andere hatten regelmäßig freie Zeit, aber wenn ich recht darüber nachdachte, hatten auch sie nie sehr lange geschlafen. Er sollte längst aufgestanden sein und umherlaufen. Aber er tat es nicht.

Ich machte es mir so bequem, wie es ging, und entspannte mich. Ich wollte Wache halten, bis er aufstand, und ihn beschatten, bis ich ihn verlor. Dann würde ich wieder nach Bubbles suchen.

Eine Stunde später hatte sich immer noch nichts gerührt. Ich zoomte den dunklen Raum heran und sah mich um. Ich schaltete sogar Infrarot ein, was die Sicht ein wenig verbesserte. Den Sitzsack konnte ich deutlich erkennen, zumindest den unteren Teil, wo seine Beine sein sollten. Aber er war nicht da. Die Decke war zurückgeschlagen und verbarg nichts. Offensichtlich war er nicht in der Kabine.

Wo steckte er nur?

Ich stieß mich ab und sah im Konzertsaal nach, anschließend in der Messe. Schließlich schwebte ich mehrere Stunden auf dem Schiff umher und suchte nach Bubbles und dem Drecksack. Keiner der beiden ließ sich blicken.

Es war fast Zeit für mein tägliches Treffen mit Steward. In den letzten zwei Tagen hatte ich Ausreden vorgeschoben und es ausfallen lassen. Aber heute wollte ich mit ihm reden. Ich musste ihn überzeugen, mir zuzuhören.

Als ich eintraf, war er schon da und baute das Spielfeld und die Steine auf.

Ich öffnete den Com. »Steward«, begann ich. »Packen Sie das Spiel wieder ein. Ich will nicht spielen. Ich möchte, dass Sie mir zuhören.«

Er legte den Kopf schief und räumte langsam auf. »Also gut«, sagte er. »Seien Sie bitte nur nicht überrascht, wenn Sie am Ende des Gesprächs immer noch frustriert sind und ich immer noch nichts tun kann, um Ihnen zu helfen.«

»Ja«, antwortete ich. »Aber lassen Sie uns wenigstens darüber reden. Ich kann nicht anders. Es macht mich verrückt, alles für mich zu behalten.«

»Nun gut«, gab Steward nach. »Beginnen Sie.«

Er saß reglos da und wartete.

Ich erzählte es ihm. Ich erzählte ihm alles, was er schon gehört hatte. Was ich gesehen hatte – von dem Moment, als er Wilma schlug, bis ich sie sah (er korrigierte mich: oder das, was ich für sie hielt), im Hinterzimmer gefesselt, bis zum blutigen Handtuch und dem Messer. Dann schilderte ich, wie er meiner Ansicht nach die Leiche beseitigt und die Spuren verwischt hatte.

Steward stimmte mir zu, dass der Unfall absurd erschien, wenn man es näher betrachtete.

Dann erzählte ich ihm von Bubbles, wie er sich in zwei Tagen zweimal an sie herangemacht hatte und dass jetzt beide verschwunden waren.

»Könnten Sie bitte nach ihr sehen?«, bat ich ihn schließlich.

Er zögerte. »Ja, das kann ich für Sie tun. Bitte sagen Sie mir, wer Bubbles ist.«

Ich lachte. »Bubbles. Sie wissen schon.« Dann fiel mir ein, dass er es nicht wissen konnte. Ich hatte sie in seiner Gegenwart noch nie so genannt, sondern ihm gegenüber immer nur von der Musikerin in dem kleinen Konzertsaal gesprochen.

»Die Musikerin«, sagte ich. »Ich nenne sie Bubbles, weil ihr Instrument im Topf Blasen macht.«

»Gut«, willigte er ein. »Ich sehe nach ihr.«

31

Die Stunde, die ich auf die Antwort warten musste, kam mir wie eine Ewigkeit vor. Mir war klar, dass er verärgert reagieren würde, wenn ich vorher von mir aus nachbohrte, und es war sicher klug, dies zu vermeiden. Also überwand ich mich und hing am Fenster des Botschafters herum.

Endlich rief Steward zurück.

»Tech vier?«

»Ja«, antwortete ich. »Haben Sie sie gefunden?«

»Nein«, antwortete er. »Leider haben sie auch ihre Kollegen oder die Mitarbeiter im Speisesaal nicht gesehen. Ich bin nicht sicher, wo ich noch nachfragen kann, ohne Aufsehen zu erregen.«

Da platzte mir der Kragen. »Verdammt, erregen Sie Aufsehen, Steward. Wahrscheinlich ist sie irgendwo gefesselt und hat den hässlichen Dolch an der Kehle.«

Abrupt legte er den Kopf schief.

»Moment«, entgegnete er. Die Schärfe ging auch im Übersetzungsprogramm nicht verloren und ließ mich sofort innehalten.

»Was ist?«, fragte ich.

»Ein Dolch?« Er zögerte. »Wollten Sie *Messer* sagen?«

Ich runzelte die Stirn. »Was?«

»Das ist wichtig. Möglicherweise ist die Übersetzung falsch. Wollten Sie *Dolch* oder *Messer* sagen?«
Sein Kopf blieb schief gelegt. Irgendwie war der Unterschied wichtig.
Ich dachte nach. »Äh, also, in meiner Sprache ist ein Dolch eine Art Messer. Aber wenn ich genau sein will, muss ich es einen Dolch nennen. Es war kein einfaches Messer. Es war beschriftet und verziert, hat aber eine scharfe Klinge. Das ist die Mordwaffe.«
Er hörte aufmerksam zu und tippte etwas auf dem Tablet ein.
»Er hat Wilma getötet und wird wahrscheinlich das Gleiche mit Bubbles tun, falls er es nicht schon getan hat. Warum spielt es eine Rolle, ob es ein geschmückter Dolch oder ein großes Kampfmesser ist?«
Er drehte das Tablet zu mir herum. Es zeigte drei Fotos von Dolchen, die dem des Botschafters sehr ähnlich sahen.
»Ähneln sie dem Dolch, den Sie gesehen haben?«, fragte er ernst.
Es gab geringfügige Unterschiede, aber ich war kein Experte für diese Dinge und hätte diese Dolche in die gleiche Schublade gesteckt wie den des Botschafters.
»Ja«, bestätigte ich.
»Bitte, Tech vier. Sind Sie absolut sicher, dass es die gleiche Art von Dolch ist?«
Sein Blick wurde unstet. So hatte ich Steward bisher noch nie erlebt.
Ich nickte energisch. »Ja. Ich bin absolut sicher.«
»Beschreiben Sie die Färbung des Besitzers«, verlangte er.
»Das kann ich nicht genau sagen«, gestand ich. »Es gibt kein Muster. Ich meine, es gibt Flecken, die aber keinem Muster

entsprechen, das ich beschreiben könnte. Ich könnte ihn in einer größeren Gruppe leicht erkennen, weiß aber nicht, wie ich ihn beschreiben soll.«

Ich atmete langsam aus und überlegte, wie ich ihn näher identifizieren konnte. Dann fiel es mir ein.

»Er hat die größte Kabine, die ich bisher gesehen habe. Private Räume. Sie befinden sich direkt vor dem dreifachen Sonnenkollektor. Wissen Sie, wo das ist?«

»Ja«, antwortete Steward. »Das ist das Quartier des Kapitäns.«

Der Kapitän?

»Oh, das macht die Sache sicher komplizierter, was?«

»Ja, Tech vier. Erheblich komplizierter.«

»Wenn Sie die Wachen hineinschicken und sie den verdammten Dolch holen lassen, dann ist er doch praktisch überführt, oder?«, hielt ich dagegen. »Das Ding riecht geradezu nach einer Mordwaffe, selbst wenn er das Blut abwischt. Was ist eigentlich Besonderes an diesem Dolch? Warum interessieren Sie sich auf einmal so dafür?«

Er ließ sich Zeit und überlegte offenbar, ob er es mir verraten sollte oder nicht. Schließlich entschied er sich.

»Es ist eine Klinge der …« *Übersetzung nicht möglich.*

»Na schön, und was soll mir das jetzt sagen?«

Einen Moment lang atmete er schwer, dann fuhr er fort. »Auf der Heimatwelt der Manti gibt es nur wenige religiöse Sekten, die das Große Erwachen überlebt haben. So bezeichnen wir die Phase, in der mein Volk sich von abergläubischen Glaubensstrukturen löste. Alle Gruppen, die es noch gibt, bestehen jeweils nur aus einer Handvoll Individuen. Sie sind alle friedlich und werden in ein paar Jahrhunderten verschwunden sein. Allerdings gibt es eine Ausnahme.«

»Ich höre.«
»Die Sekte der …« *Übersetzung nicht möglich.* »Sie benutzen solche Klingen.« Er tippte energisch auf das Tablet. »Die Sekte praktiziert etwas sehr Unnatürliches.« Er hielt inne. »Etwas Grässliches.«
Opferrituale.
»Manti-Opfer«, ergänzte er und bestätigte, was ich mir schon zusammengereimt hatte. »Sie töten.«
»Wirklich?«
»Der Dolch ist das verbotene Instrument einer verbotenen religiösen Sekte.«
»Also … wäre das ein ausreichender Beweis gegen ihn?«
»Ich glaube schon.«
»Dann schicken Sie die Sicherheitskräfte rein.«
»Das kann ich nicht tun. Ohne den Beweis können sie nicht gegen einen kommandierenden Offizier vorgehen.«
»Aber Sie sagten doch gerade, der Beweis reicht aus«, wandte ich gereizt ein.
»Ja, er reicht aus, aber das gilt erst, wenn wir ihn besitzen. Ich habe es nicht selbst gesehen, und wie ich schon sagte, schließen unsere Gesetze die Aussagen von Fremden aus.«
»Jesses! Das schon wieder!«
»Verzweifeln Sie nicht, Tech vier«, antwortete Steward. »Ich habe einen Plan.«

32

Ich kampierte vor dem Fenster des Botschafters, bis er am Abend wieder auftauchte. Keine Blutspuren. Das war wohl eine gute Neuigkeit. Andererseits konnte ich vermutlich nicht erwarten, dass er mit Blut besudelt durch die Gänge des Schiffs marschierte.

Ich nahm Verbindung mit Steward auf und berichtete ihm, dass der Schurke wieder sein hässliches Haupt gezeigt hatte. Er bat mich, den Verbrecher genau zu beobachten.

Das tat ich.

Zwanzig Minuten später wurde der Kapitän aktiv. Er zückte sein Tablet und tippte etwas ein. Auf dem Bildschirm erschien ein Manti. Von meinem Standort aus konnte ich ihn nicht erkennen, aber es sah nicht nach Steward aus.

Steward hatte mir nicht verraten, was er tun wollte, um den Kapitän wegzulocken, aber was es auch war, es erregte seine Aufmerksamkeit und er verließ die Kabine.

»Steward?«

»Ja«, antwortete er.

»Der Kapitän ist gerade gegangen.«

»Verstanden«, antwortete er. »Er begibt sich zur Navigation, wie wir es besprochen haben.«

»Ich gehe auch dorthin.«
Am Vorabend hatte ich Steward von dem Geheimfach unter der Statue erzählt. Hoffentlich hatte der Kapitän den Dolch inzwischen nicht woanders versteckt.
»Verstanden«, wiederholte er.
Ich drückte mich ab und schwebte schräg über das Schiff zum Heck.
Eine Minute später hatte ich das Ziel erreicht. Diesen Raum hatte ich mir schon mehrmals angesehen, bis gestern aber nicht begriffen, wozu er diente. Steward hatte mir erklärt, dies sei der Navigationsraum, und wenn der Kapitän die Kabine verließ, würde er sich hierher begeben.
Dort arbeiteten drei Manti an Workstations, die denen der Sekretärinnen glichen.
Ich war mehrere Minuten vor dem Kapitän dort. Als er kam, richteten sich die Manti überrascht auf.
»Ich bin drin«, berichtete Steward via Com.
»Schön. Sehen Sie die Statue?«
»Ja.«
»Dann fangen Sie an«, drängte ich.
Schweigen.
Ich sah zu, wie sich der Kapitän mit zwei Manti unterhielt. Da Steward es nicht für nötig gehalten hatte, mich zu informieren, wie er den Kapitän hierher gelockt hatte, war mir nicht klar, worüber sie überhaupt diskutierten.
»Tech vier«, rief Steward.
»Ja?«
»Die Waffe ist nicht da.« Wäre nicht das Übersetzungsprogramm gewesen, dann hätte es wahrscheinlich panisch geklungen. »Unter der Statue ist nichts, was einem Schalter oder Knopf ähnelt. Bitte schildern Sie es noch einmal.«

»Was?«, keuchte ich. »Der Dolch ist unter der Statue, ich schwöre es.«

»Nein, dort ist er nicht.«

Ich schnallte mich ab, warf dem Kapitän einen letzten Blick zu und stieß mich in Richtung der Kapitänskajüte ab.

Vor dem Fenster packte ich eine Leitung und bremste abrupt ab. Steward stand mir zugewandt und hatte mich anscheinend schon bemerkt.

»Es ist direkt …« Ich hielt inne.

Es gab zwei Statuen. Eine links neben dem Eingang, die andere weiter hinten vor dem Schlafzimmer.

»Welche Statue haben Sie überprüft?«, stieß ich hektisch hervor. »Mir war nicht klar, dass hier zwei sind.«

Sofort fuhr Steward herum, blickte nach rechts und ging zu der Statue am Eingang. Anscheinend hatte er die andere untersucht.

»Ja«, sagte ich. »Die ist es, gleich neben der Tür. Es tut mir leid.«

Im Gehen drehte er sich über die Schulter um. »Bitte kehren Sie zur Navigation zurück.«

Oh, richtig!

Ich stieß mich ab und schwebte zurück. Ungefähr auf halbem Wege rief Steward mich noch einmal.

»Ich habe den Dolch. Wenn er ihn nur so gereinigt hat, wie Sie es beschrieben haben, kann man das Blut als Beweis entdecken.«

»Gut.« Ich zog mich weiter.

»Ich durchsuche jetzt den hinteren Raum«, fuhr er fort. »Dort ist doch das Verbrechen geschehen, richtig?«

»Äh, ja«, bestätigte ich. »Was hoffen Sie dort zu finden?«

»Unbekannt«, antwortete er.

»Na gut.«
Es wurde still im Funk.

Ich glitt zum Fenster der Navigation und versuchte, den Schwebeflug so abzustimmen, dass ich das Geschirr sofort einhaken konnte, sobald ich das Fenster erreicht hatte. In meiner Eile segelte ich jedoch schneller als gedacht und im letzten Moment verfing sich der Haken der Leine an der Hüfte meines Anzugs. So prallte ich mit nur einer ausgestreckten Hand gegen das Schiff, fand keinen Halt und überschlug mich, rammte das Schiff mit der Schulter und federte zurück.

Ich geriet in Panik. Instinktiv wollte ich mit beiden Armen nach irgendetwas greifen, doch es gelang mir, diesen Instinkt zu überwinden und weiter am Haken zu ziehen. Er kam frei und erst jetzt strampelte ich hektisch mit Armen und Beinen, während ich langsam rotierend vom Schiff wegschwebte. Ich rutschte an einer der Stabilisierungsrippen vorbei, doch als ich danach griff, fand ich nichts, wo ich mich festhalten konnte. Die Metallfläche war breiter, als meine Arme reichten, und völlig flach.

Dann prallte ich mit dem Fuß gegen etwas Festes und spürte gleich danach einen Druck auf der Stiefelspitze. Anscheinend hatte sich mein Fuß irgendwo verhakt.

Gott sei Dank.

Ich kam zur Ruhe.

Heilige Scheiße, das war knapp.

Nun machte ich eine Bestandsaufnahme. Richtig, ich befand mich am Ende der Rippe und zwischen mir und der Grenze des Antiträgheitsfeldes waren nur noch wenige Handgriffe. Langsam kletterte ich zum Schiff zurück.

Der Kapitän war nicht mehr da.

Panisch sah ich mich in dem Navigationsraum um, doch er war tatsächlich verschwunden. Ich stieß mich ab und schwebte so schnell ich konnte zu seiner Kabine.

»Steward«, rief ich über Funk.

Keine Antwort.

»Steward«, rief ich noch einmal. »Der Kapitän ist nicht mehr da. Er kehrt zurück. Verschwinden Sie da. Sie müssen sofort hinaus.«

Immer noch keine Antwort.

Schneller und schneller zog ich mich zum Rand des Schiffs und wurde fünf Meter vor dem Fenster langsamer.

Dieses Mal war das Timing richtig.

Der Kapitän war schon wieder in seinem Quartier und ging ins Schlafzimmer.

Aufgeregt sah ich mich um, konnte Steward aber nirgends entdecken.

»Steward?«, rief ich zum dritten Mal.

Immer noch nichts.

Der Kapitän kam wieder nach vorne. Er ging ein wenig seltsam. Nein, Moment ... es war nicht der Kapitän. Es war Steward. Er ...

Ich werde verrückt, er schleicht.

Irgendwie hatte er sich hinten versteckt und war am Kapitän vorbeigekommen.

Sobald er draußen war, lief er eilig zum Eingang. Die Tür öffnete sich und schloss sich hinter ihm.

Jesses, das war knapp.

»Steward.«

»Ja, Tech vier«, antwortete er endlich. »Mir geht es gut. Ich konnte nicht früher antworten. Es tut mir leid.«

Ich musste laut lachen.
»Kein Problem, mein Freund.«
»Ich muss das Objekt verstecken. Dann treffen wir uns im Freizeitraum«, sagte er.
»Gut.« Ich lächelte.

Ich war froh, dass es vorbei war. Mir blieb noch ein Moment Zeit, die Kabine zu beobachten, ehe ich zum Treffpunkt aufbrechen musste.
Da tauchte der Kapitän wieder auf. Kaum dass er durch die Tür in den vorderen Raum getreten war, blieb er einen Moment völlig reglos stehen. Langsam streckte er die Arme und hob die Statue, hielt sie in den Händen und stellte sie wieder auf das Podest. Dann drehte er sie leicht.
Anscheinend hatte Steward sie nicht ganz gerade zurückgestellt.
Der Kapitän riss den Kopf hoch und lief eilig zu der zweiten Statue.
Verdammt!
Er hob sie hoch, drückte auf den Schalter und stand wie angewurzelt da, als er das leere Fach sah.
Nun warf er die Statue auf den Boden, fuhr herum und sah sich um, eilte ins Hinterzimmer und kam gleich darauf wieder heraus. Er war sehr aufgeregt, stieß Dinge um, traktierte Sitzsäcke mit Tritten und warf Objekte durch die Gegend.
Schließlich beruhigte er sich, trat an den Tisch und sank davor in sich zusammen.
Genau, dachte ich. *Wir haben dich am Arsch.*
Schließlich hob er den Kopf und griff nach dem Tablet auf dem Tisch. Er tippte darauf, bis ein Bild seiner Kabine er-

schien. Es war eine Innenansicht, ein anderer Blickwinkel als meiner, aber eindeutig seine Kabine. Er tippte noch etwas ein und fuhr sich mit den Fingern über das Gesicht.
Auf dem Bildschirm, so klein er auch war, konnte man Steward erkennen, der durch den Raum lief.
Der Kapitän sah zu, wie Steward den Raum durchsuchte. Der Höhepunkt kam, als Steward die Waffe gefunden hatte und sich hinten versteckte, um kurz danach wieder zum Vorschein zu kommen und zum Ausgang zu schleichen.
»Steward«, rief ich über den Com. »Er weiß es. Er hat gerade den Überwachungsfilm abgerufen und Sie in der Kabine ...«
Mitten im Satz hielt ich inne. Der Kapitän betrachtete nicht mehr das Tablet, sondern er stand da und blickte aus dem Fenster. Das Standbild auf dem Tablet zeigte Steward, der ungefähr an der gleichen Stelle stand und zum Fenster sah.
Ich blieb mucksmäuschenstill.
Der Kapitän wischte über das Tablet und nun brannte die Außenbeleuchtung des Schiffs so hell wie die Mittagssonne. Mein Schatten war weg, ich fühlte mich nackt seinem Blick ausgeliefert.
»Steward«, sagte ich. »Er weiß, dass ich geholfen habe. Er sieht mich direkt an.«
»Das ist keine gute Entwicklung«, antwortete Steward.
Ich winkte dem Kapitän zu, dann überlegte ich es mir und zeigte ihm den Stinkefinger.

Als ich den Freizeitraum erreichte, hielten vier Manti Steward fest im Griff, während sie ihn energisch abführten. Während sie ihn wegzogen, starrte er mich an. Er streckte den Arm aus und wackelte mit den Fingern, als wollte er mich packen.

Nein, er wackelte nicht. Er bewegte nur vier Finger und diese Geste kannte ich. Es war das Tastzeichen für Wasser.
Die Tür ging zu, er war fort.
»Wasser?«, sagte ich verwirrt.
Hatte ich es richtig gesehen? War es ein Zufall, dass er diese vier Finger bewegt hatte, oder eine Botschaft?
Ich überprüfte die Anzeigen meines Anzugs. Ich hatte noch reichlich Wasser.
Ich wollte zu meiner Nische zurückkehren und darüber nachdenken. Soweit ich es erkennen konnte, war ich im Arsch.
Wasser?
Da fiel mir etwas ein. Ich wechselte den Kurs und steuerte die Luftschleuse an. Dort presste ich das Gesicht an das Fenster. Drinnen standen zwei große Behälter. Ich zog am Griff und stellte fest, dass ich die Außenluke öffnen konnte. Außer den beiden Wasserkanistern entdeckte ich einen großen Stapel Notrationen.
Danke, Steward!
Nach der Größe der Kanister zu schließen, enthielten sie Wasser für vier oder fünf Monate, und die Rationen reichten mindestens noch sechs Monate.
Ich musste zweimal gehen, um die Kanister in meine Nische zu bugsieren. Als ich die Proviantriegel zur Hälfte aufgehoben hatte, entdeckte ich darunter den Dolch aus der Kabine des Kapitäns.
Das hat Steward sich gut überlegt.

33

In der Nacht weckte mich der Com.
»Terraner«, sagte jemand.
»Terraner«, wiederholte die Stimme.
Vermutlich war es der Kapitän, auch wenn er dank des Übersetzungsprogramms wie Steward klang.
»Ja«, antwortete ich. »Ich bin da.«
»Terraner, kommen Sie zur Schleuse.«
Ich dachte mir, ich könnte mir ruhig anhören, was er zu sagen hatte, streckte mich und verließ die Nische, um zur Schleuse zu schweben.
Der Kapitän war dort und blickte durch das Fenster der Tür.
»Terraner, sagen Sie mir, hat Ihr Freund Ihnen einen Hinweis gegeben, wo er das versteckt hat, was er mir gestohlen hat?«
»Was haben Sie mit ihm und der Musikerin getan?«, fragte ich und klatschte mit der behandschuhten Hand auf die Scheibe.
Er ließ sich nicht beeindrucken.
»Er wurde verhaftet. Leider weiß ich nicht, wo die ist, die Sie die Musikerin nennen«, erwiderte er.
»Ach, wirklich?«, entgegnete ich. »Das zu glauben fällt mir schwer. Lebt sie überhaupt noch?«

Seine Miene veränderte sich, aber der Ausdruck sagte mir nichts. Hatte er Angst, war er eingeschüchtert oder wütend? Jedenfalls antwortete er nicht.

»Haben wir Ihre Pläne gestört oder so?«

Das hoffe ich jedenfalls sehr.

»Sagen Sie mir, dass sie noch lebt«, verlangte ich.

Er tippte auf das Tablet.

»Ich habe diesen Kanal abgesichert. Niemand auf dem Schiff kann unsere Unterhaltung verfolgen.«

»Na gut.«

Kam jetzt der Teil, wo er mir seinen bösen Plan offenbarte?

»Sie lebt noch«, erklärte er schließlich.

Gott sei Dank.

»Ist sie gefesselt wie die andere?«, fragte ich.

Er legte den Kopf schief, doch der Ausdruck, den ich für nackte Wut hielt, veränderte sich nicht.

»Nein, sie wurde betäubt. Es war nicht nötig, sie zu fesseln.«

»Zwei Tage lang?«, fragte ich.

»Ja«, antwortete er.

Welchen Plan verfolgte ich eigentlich?

Ich hatte keine Ahnung.

»Und was jetzt? Warten Sie, bis die Sterne richtig stehen oder so?« Ich zögerte kurz. »Damit Sie sie endlich töten können?« Wieder klatschte ich mit der Hand auf die Scheibe.

Er hob den Kopf. »Sie würden es sowieso nicht verstehen.«

»Nein, wohl nicht. Ich bin ja auch kein verrückter mordender Sektenanhänger.«

»Ich habe Befehl gegeben, dass niemand mehr mit Ihnen in Kontakt treten darf. Kein Essen und kein Wasser. Keine Hilfe und keinerlei Kommunikation.«

Er legte den Kopf schief und fuhr fort: »Wenn Sie mir helfen, mein Eigentum zurückzubekommen, hebe ich das Verbot wieder auf und wir bringen Sie wie verabredet zu Ihren Leuten zurück.« Er hielt inne. »Falls Sie mir nicht helfen, werden Sie da draußen ersticken und sterben.«

»Mir passiert hier nichts.« Ich hatte ja genügend Wasser und Proviant eingelagert.

»Zweifeln Sie an meiner Aufrichtigkeit?«, fragte er. »Glauben Sie, ich werde nicht Wort halten?«

»Ich würde nicht darauf wetten.«

»Nichts, was Sie sagen oder bezeugen können, vermag mir zu schaden, Terraner. So wollen es die Gesetze meines Volkes. Ich bin vor der Aussage eines Außenseiters geschützt. Wenn ich meinen Besitz wiederhabe, gibt es keinen Grund mehr, unsere Abmachung nicht zu erfüllen. Das entspricht ganz und gar der Logik dieser Angelegenheit.«

Dies deckte sich tatsächlich mit dem, was Steward mir erzählt hatte. Allerdings hätte ich es dem Kapitän durchaus zugetraut, mich trotzdem aus reiner Wut zu töten.

»Und was ist mit Steward und der Musikerin?«, erwiderte ich. »Die beiden könnten doch aussagen, oder?«

»Korrekt.«

»Also ist die Tatsache, dass Sie nicht wissen, wo Ihr Päckchen ist, das Einzige, was sie am Leben hält«, stellte ich fest.

»Auch das ist korrekt.«

»In diesem Fall habe ich keine Ahnung, wo er es versteckt hat«, erwiderte ich.

»Wollen Sie sich deshalb wirklich selbst in Gefahr bringen?«, fragte er ungläubig.

»Sie können mich mal«, gab ich zähneknirschend zurück. »Ich komme hier draußen schon zurecht.«

»Sind Sie sicher?«, fragte er.

Dann tippte er mit irgendetwas auf das Glas. Es war der Ersatz für meinen Kohlendioxidfilter.

Verdammt.

Ich blickte auf mein Armdisplay. Den Alarm hatte ich abgestellt, als ich Steward den zweiten Filter gegeben hatte. Jetzt rief ich die Meldungen auf und erfuhr, dass die Kapazität meines derzeitigen Filters weniger als ein Drittel Prozent betrug. In sechs bis acht Stunden wäre ich tot.

Wie schön.

Ich drehte mich ohne ein weiteres Wort um und ließ ihn am Fenster stehen.

Ich sterbe lieber, als es diesem Drecksack zu erlauben, meine Freunde zu töten und ungeschoren davonzukommen.

34

Mehr als eine Stunde saß ich in meiner Nische und würfelte. Das war für die letzten Momente meines Lebens keine sehr aufregende Beschäftigung, aber ich hatte sonst nicht viel zu tun. Ich entschied mich dagegen, eine letzte Mahlzeit zu mir zu nehmen. Wenn ich schon sterben sollte, dann wollte ich nicht noch die Mühsal auf mich nehmen und etwas essen. Innerlich kochte ich vor Wut. Was konnte ich tun? Ich fühlte mich hilflos. Ich *war* hilflos.

Dann fiel mir ein, dass ich den Dreckskerl wenigstens zu einer letzten Konfrontation zwingen und es ihm schwer machen konnte, mich einfach abzuhaken.

Ich schwebte aus der Nische heraus und steuerte die Kapitänskajüte an.

Dort postierte ich mich direkt vor dem Fenster und hämmerte mehrmals fest mit der Faust gegen die Scheibe. Genau wie die massive Hülle leiteten auch die Fenster Erschütterungen kaum weiter, doch wenn ich fest genug schlug, musste er es hören.

Er hob den Kopf. Gut. Ich hatte seine Aufmerksamkeit erregt.

Ich bewegte mich zum Sonnenkollektor, der nur zwei Meter entfernt war, zückte den Schweißbrenner und schnitt unter

dem Kollektor die Verkleidung auf. Sofort ging die Außenbeleuchtung an. Als ich mich umdrehte, sah ich den Kapitän, der mich aufmerksam beobachtete. Ich machte Platz, damit er mein Werk bewundern konnte.
Dreißig Sekunden später hatte ich die Verkleidung geöffnet und konnte das Kabel erkennen, das vom Sonnenkollektor wegführte. Ich schnitt es durch.
Dann drehte ich mich um und lächelte den Kapitän an. Es war enttäuschend. Nichts geschah. Ich hatte auch nicht damit gerechnet. Die Solarmodule speisten Batterien, also passierte nicht gleich etwas, wenn ich sie sabotierte.
Es würde ein Ermüdungskrieg.
Ich hielt den Schweißbrenner vor das Fenster, klopfte darauf und zeigte ihm, dass ich mir nun die andere Seite des Schiffs vornehmen würde. Dort gab es vier weitere Solaranlagen, die ich der Reihe nach zerstören wollte.
Mit einem breiten Grinsen schwebte ich davon.

Nachdem ich alle Solarmodule des Schiffs sabotiert hatte, wandte ich mich den anderen Systemen zu. Nichts Lebensbedrohliches. Ich hatte nicht die Absicht, der Crew zu schaden. Aber ich wollte sie gehörig ärgern.
Sie konnten mich nicht ignorieren.
Ich bewegte mich zu einem Wärmetauscher, überlegte es mir aber wieder anders. Möglicherweise kühlte er den Hauptantrieb und das konnte kritisch werden. Allerdings konnte ich ihnen die Sicht nehmen. Deshalb demolierte ich systematisch alles, was auch nur entfernt nach Sensoren oder Antennen aussah. Nachdem ich so lange auf dem Schiff herumgekrochen war, meine dummen Spiele gespielt und mir alles angesehen hatte, kannte ich die Außenhülle

besser als meinen Handrücken. Das hatte freilich nicht viel zu sagen, weil ich meinen Handrücken seit dem Unfall erst zweimal gesehen hatte.

»Terraner!«, blökte das Übersetzungsprogramm in meinem Helm. »Hören Sie sofort auf.«

Ehrlich gesagt, war ich überrascht, dass sie das Schiff nicht längst gestoppt hatten. Wir rasten immer noch durch den Weltraum.

»Nein!«, rief ich zurück. »Ich bin sowieso schon tot, und wenn Sie mich aufhalten wollen, müssen Sie schon selbst herauskommen und mich töten. Ich kann Ihnen aber versichern, dass dies einfacher gesagt als getan ist.«

Dann widmete ich mich wieder meinem Zerstörungswerk.

35

Eine Stunde später hatte ich sämtliche Sonnenkollektoren, Empfangsanlagen und Scanner abgeschaltet, dazu ein Dutzend weitere Instrumente, deren Zweck ich bislang noch nicht herausgefunden hatte.

»Terraner«, quakte mein Com. »Sie lassen uns keine andere Wahl.«

Keine andere Wahl, ja? Das will ich sehen.

Ich zog mich zur Luftschleuse hinüber, vor der sich der Kapitän schon mit mehreren anderen Manti versammelt hatte. Sie setzten gerade die Helme auf.

Gegenüber diesen Wesen war ich in der Unterzahl und sie hatten auch noch mehr Gliedmaßen als ich. Jeweils vier Beine und zweiundzwanzig Finger wie Kneifzangen. Wenn sie mich angriffen, war ich verloren.

Ich öffnete den Kanal und antwortete.

»Kapitän«, begann ich. Einer von ihnen hob den Kopf. »Sie wissen doch noch, wonach Sie suchen?« Ich machte eine dramatische Pause. »Ich habe das Ding. Wenn einer Ihrer Soldaten hier herauskommt, werde ich dafür sorgen, dass er es sieht. Die Frage ist nun, ob er aussagen kann, sobald er die Mordwaffe in der Hand hat.«

Der Kapitän fuhr herum und wedelte mit den Armen.

Ich wartete nicht ab, um mich zu vergewissern, dass es geklappt hatte, aber mein erster Eindruck war, dass er es sich anders überlegte.
Rasch kehrte ich in meine Nische zurück. Wahrscheinlich blieben mir nur wenige Minuten, um mich vorzubereiten. Ich musste mich sputen.

Gebückt kroch ich in die Nische. Zwischen zwei Leitungen war dort ein Spalt, durch den ich in die Richtung der Luftschleuse blicken konnte.
Als der Kapitän über die Schiffshülle krabbelte, erkannte ich ihn sofort als dunkle Silhouette vor den Sternen.
Er trug nichts außer einem Helm und vier identischen Knieschonern.
Was? Braucht er keinen Raumanzug?
Anscheinend konnte sein hartschaliges Exoskelett sogar das Vakuum aushalten.
Der Kerl ist zäher, als ich dachte. Nicht gut.
Statt zu schweben und sich weiterzuziehen, lief er aufrecht über die Schiffshülle. Anscheinend setzte er die Vorsprünge am Ende der Füße in eigens für diesen Zweck strategisch verteilte Haltepunkte auf dem Schiff.
Konnte er mir gegenüber eigentlich noch mehr im Vorteil sein?
Ich blieb still sitzen, während er sich näherte.
Als er weniger als zwei Meter entfernt war, hielt er an und schwankte hin und her. Ging diese Bewegung auf seine Raubtierinstinkte zurück? Ich wusste es nicht.
Während der Kapitän zum Angriff ausholte, bereitete ich mich meinerseits vor. Die Sicherungsleine hatte ich knapp über der Nische an der Schiffshülle verankert. In einer Hand

hielt ich den längsten und spitzesten Schraubenzieher aus meinem Werkzeugbeutel, in der anderen den Schweißbrenner. Quinns Leiche hatte ich direkt vor der Nische als Ablenkung festgebunden.

Ich baute darauf, dass unsere Raumanzüge einander ähnlich genug waren, damit Quinn für mich durchging. Die Füße hatte ich festgezurrt, sodass es aussah, als stünde er mit dem Rücken zur Luftschleuse aufrecht auf der Außenhülle.

Rasch überwand der Kapitän die restliche Distanz und blieb direkt außerhalb meiner Nische vor Quinn stehen.

Ich kann gar nicht glauben, dass er darauf hereinfällt.

Er machte einen Sprung, packte Quinns Leiche, riss sie mit einem heftigen Ruck hoch und hob sie über den Kopf.

Tut mir leid, Junge.

Ich stieß mich an der hinteren Wand der Nische ab und flog kreischend auf den Kapitän zu. »Stirb, du Mistkäfer!«

Hart prallte ich gegen ihn. Er schwankte, blieb aber stehen. Der Aufprall riss mir den Schweißbrenner aus der Hand, doch den Schraubenzieher hatte ich noch. Ich stach nach seinem Oberkörper. Die Spitze prallte einfach ab. Seine Hülle war hart wie ein Panzer.

Mein Angriff war mitten in der Bewegung zum Erliegen gekommen, mein Kopf schwebte seitlich neben seinem Rumpf, einen Arm hatte ich um ihn gelegt, direkt vor mir waren seine Beine. Da spürte ich auf dem Rücken eine Erschütterung. Ich drehte mich, um besser sehen zu können. Der Kapitän schlug mit Quinns Leiche auf mich ein.

Knack! Knack! Knack!

»Ah«, keuchte ich, als mich der letzte Hieb heftig gegen das Schiff drückte. Der Schraubenzieher entglitt mir.

Wieder drehte ich mich und stemmte mich mit Armen und Beinen gegen die Außenhülle, doch in diesem Moment packte mich der Kapitän wie eine Schraubzwinge von hinten. Die spitzen Finger bohrten sich in meinen Anzug und tasteten nach den Rippen, der Druck schnürte mir die Brust und den Bauch zu.

Ich keilte mit einem Bein nach hinten aus, um ihn aus dem Gleichgewicht zu bringen, doch er ließ sich nicht aufhalten. Dann versuchte ich, einen Halt zu finden, aber sein Griff war so fest und schmerzhaft, dass ich nur hilflos strampeln konnte. Ich konnte nicht mehr klar denken.

Er öffnete einen Kanal.

»Wo ist der Dolch?«, krächzte er. »Sagen Sie es mir oder ich zerstöre Ihren Raumanzug und stoße Sie vom Schiff.«

Die Zangenfinger drückten fester.

Da schwebte mein guter alter Schweißbrenner vorbei, rutschte über die Hülle. Ich streckte mich und das Gerät landete in meiner Hand. Sofort zündete ich ihn und hielt ihn hinter mich. Leider war der Winkel nicht gut und ich konnte den Kapitän nicht treffen.

Dann warf ich mich mit dem ganzen Gewicht nach vorn. Der Kapitän wechselte die Beinstellung.

Sein Knie.

Ich strich mit dem Laser über den Knieschoner. Die weiße Klammer verkohlte und eine sichtbare Gaswolke schoss heraus.

Die Wirkung spürte ich sofort. Der Kapitän ließ mich los. Ich rollte mich keuchend weg. Als ich mich umdrehte, presste er die Finger auf das Bein und versuchte vermutlich, den Knieschoner an Ort und Stelle zu halten.

Das Knie explodierte. Nicht nur der Knieschoner, sondern

das ganze Gelenk flog auseinander und trennte die untere Hälfte des Beins ab.

Was? Das kann doch nicht sein.

Der Kapitän stieß ein schmerzvolles Klicken und Summen aus, das nicht übersetzt werden konnte. Er griff nach dem abgetrennten Bein, das jedoch schon unerreichbar davongeschwebt war.

»Ja!«, jubelte ich, immer noch keuchend.

Ruckartig drehte er den Kopf zu mir herum und sah mich an, dann ging er auf mich los.

Scheiße!

Ich krabbelte rückwärts, drehte mich um und stieß mich ab, um dem wütenden Insekt zu entkommen. Ohne innezuhalten, schwebte ich an der Nische vorbei. Auch die Sicherheit vernachlässigte ich jetzt und ließ die Leine einfach hinter mir schleifen.

Schließlich sah ich mich über die Schulter um. Er verfolgte mich. In diesem Moment prallte ich mit der Schulter gegen einen Vorsprung. Ich überschlug mich und schwebte vom Schiff weg.

Verdammt, verdammt, verdammt!

Unter mir drehte sich die Leine zu einer Spirale, während ich mich langsam entfernte. Ich hatte nichts, um mich festzuhalten und den Flug nach draußen zu stoppen.

Der Kapitän kam herangekrabbelt und packte die Leine, gab ein böses Klicken von sich, das nicht übersetzt wurde, und holte mich mit der Leine ein wie einen Fisch an der Angel. Sobald es straff war, gab mir das Seil einen Halt, mit dessen Hilfe ich mich zu dem Kapitän umdrehen konnte. Ich fasste die straffe Leine und zog kräftig daran. Nun flog ich, schneller, als er es anscheinend erwartet hatte, direkt auf ihn zu.

Ich stieß recht heftig gegen ihn, er wurde aber höchstens einen halben Schritt zurückgeworfen. Auch mit den drei verbliebenen Beinen konnte er sich noch sicher auf der Hülle verankern.
Als ich von ihm abprallte und wieder wegtrieb, wickelte ich ihm die Leine um den Hals, stemmte ihm die Füße auf den Rücken und zog mit aller Kraft.
Er konnte jedoch einen Unterarm zwischen den Hals und die Leine zwängen, ehe sich die Schlinge ganz zusammenzog. Ich hielt fest. Er beugte sich zur Schiffshülle vor, um einen Ankerpunkt zu finden. Die Bewegung war ein wenig verwirrend, als ritte ich stehend, wie ein Surfer, auf einem bockenden Wildpferd.
Auf einmal brachen die hektischen Bewegungen ab und er konzentrierte sich darauf, seinen Arm zu befreien. Unterdessen tastete ich nach meinem Werkzeugbeutel und holte die Autoklammer hervor.
Sie war geöffnet und bereit. Ich versuchte, seinen Hals einzuklemmen, aber der verdammte Arm war im Weg. Deshalb drückte ich einfach nur fest zu und löste den Mechanismus aus, der die Klammer schloss.
Sobald die Zahnräder arbeiteten, ließ ich los und stieß mich von seinem Rücken ab zu einem Handgriff auf der Schiffshülle.
Um mich von ihm zu befreien, musste ich die Leine loslassen. Als ich es tat, richtete er sich auf und versuchte, die Seilschlinge zu lösen. Es gelang ihm. Die Klammer hatte sich nicht um den Hals gelegt, sondern hing am Arm.
Wieder hörte ich einen kehligen Laut im Com und an der Stelle, wo sich die Klammer in den Unterarm bohrte, quoll schwarzes Mantiblut hervor.

»Schmerzen!«, ließ mich das Übersetzungsprogramm wissen.
Schließlich riss er die Klammer ab, verlor dabei aber auch einen Teil seines Arms.
Wieder sprach er. »Sie müssen sterben, Terraner.«
Er hielt den verletzten mit dem gesunden Arm fest. Wahrscheinlich versuchte er, die Blutung zu stillen.
»Ha!« Ich musste unwillkürlich lachen. »Sie verlieren eine Menge Blut, Herr Kapitän.« Ich wich ihm aus. »Wie viel muss es noch sein, bis *Sie* ohnmächtig werden und ich *Ihren* leblosen Körper wegstoßen kann?« Ich kicherte, dann hielt ich mir die Rippen. Sie taten immer noch weh.
Er sah mich nur an. Dann zerrte er den verletzten Arm mit dem gesunden zurück. Es knackte vernehmlich, als er ihn so weit bog, wie es die Natur nie vorgesehen hatte. Eine kräftige Drehung, und der Arm brach im Gelenk ab.
Das darf doch nicht wahr sein.
Erstaunlicherweise hörte die Blutung auf, es tröpfelte nur noch.
»Sagen Sie mir bitte, dass das nicht nachwachsen wird«, stotterte ich.
»Wird es nicht«, klärte mich das Übersetzungsprogramm auf. »So wenig wie bei Ihnen.«
Er warf mit dem abgerissenen Insektenarm nach mir. Ich duckte mich, er flog an mir vorbei. Als ich mich wieder zum Kapitän umdrehte, fiel er bereits über mich her.
Meine Güte, er gibt einfach nicht auf.
Im letzten Moment zog ich mich zurück, drehte mich und wollte mich schnell in Sicherheit bringen. Mein Bein blieb an irgendetwas hängen. Nein, nicht an irgendetwas. Er war es! Er zerrte abrupt und fest.

Aua!
Dann verdrehte er mir das Bein und ich strampelte wild, als mein ganzer Körper der Drehung folgte. Oder jedenfalls so weit, wie es möglich war. Ich prallte gegen die Schiffshülle und die Drehung des Körpers hörte auf. Die des Beins allerdings nicht. Ich spürte das Knacken, als in der Hüfte etwas nachgab.
Die Schmerzen durchfuhren mich wie ein Messerstich. Ich versuchte, mit dem Bein zu treten, das er gepackt hatte, doch die Schmerzen waren unerträglich. Dann griff ich nach dem Werkzeugbeutel und überlegte, was ich in dieser Lage gebrauchen konnte. Wieder zerrte er, noch einmal knackte es laut. Die Schmerzen in der Hüfte waren so stark, dass ich nicht einmal mehr wusste, ob er mir das Bein gebrochen hatte.
Im Anzug schlug ein Alarm an, der Druck ließ merklich nach. Gleichzeitig hörte ich ein Zischen. Gleich darauf schaltete sich das Notsystem des Anzugs ein und versuchte, den Druckabfall auszugleichen.
Das wird ja immer schlimmer.
»Sie verlieren Druck«, stellte der Kapitän fest.
»Was Sie nicht sagen«, antwortete ich. Noch einmal griff ich zum Werkzeugbeutel. Dieses Mal ertastete ich das Laserschweißgerät, das wie durch ein Wunder wieder an der Magnetfläche am unverletzten Bein haftete.
Gott sei Dank.
Ich schaltete es ein und richtete es auf ihn.
Anscheinend hatte er beim ersten Mal die Lektion gelernt, denn er ließ sofort los und brachte sich krabbelnd in Sicherheit.
Erst lachte ich, dann knirschte ich mit den Zähnen.

Das Notzelt war nur wenige Meter entfernt. Auf einmal fiel mir etwas ein. Ich steuerte es an, so schnell ich mich weiterziehen konnte. Einige Male zitterten mir die Arme, weil die Schmerzen von der Hüfte in den ganzen Körper ausstrahlten. Ich drehte mich nicht nach dem Kapitän um.
Noch ein letzter Zug mit den Armen, und ich segelte in das Zelt hinein. Dort nahm ich den Schweißbrenner in die linke Hand, griff nach dem Beutel und zog die Tube mit Harz heraus. Mit dem Daumen öffnete ich den Verschluss, kaum dass ich ganz im Zelt war. Großzügig verteilte ich das Harz auf dem Boden. Dann schaltete ich den Schweißbrenner ein und richtete ihn auf die Rückwand des Zelts.
Dort schnitt ich die Plane in einer geraden Linie auf und öffnete mir damit eine Hintertür. Als ich fertig war, ließ ich den Schweißbrenner los und griff nach dem Schlitz, den ich gerade geöffnet hatte.
Noch ehe ich ganz hindurchgekrochen war, folgte mir der Kapitän schon von vorne in das Zelt.
Ich drehte die Tube herum, drückte auf den Knopf und zielte nach unten auf das Harz, das ich im Zelt verteilt hatte. Es gerann sofort und wurde so hart wie Stahl. Zwei Beine des Kapitäns klebten fest. Wieder grunzte er.
Ja!
Ich entfernte mich vom Zelt, hatte bisher aber noch keine Ahnung, wie ich weiter vorgehen wollte. Ich war schockiert, dass mein Plan überhaupt so weit funktioniert hatte.
Abermals durchzuckten mich die Schmerzen, beinahe hätte ich die Schiffshülle losgelassen. Ich hatte keine Sicherheitsleine mehr, die mich festhielt. Wenn ich vom Schiff wegschwebte, konnte ich sterben, auch wenn der Kapitän angeklebt war.

Ich holte tief Luft.
Was nun?
Ich hatte ihn gefangen, er hing im Zelt fest. Sollte ich jetzt versuchen, die anderen Manti zu erreichen, um die Sache zu klären? Ich wusste es nicht.
Das Zelt wackelte heftig.
Es war ohne Zweifel ein sehr stabiles Material, schließlich musste es dem Vakuum im Weltraum standhalten.
In einer Seite entstand ein Riss, ein Pfosten kippte um und fiel auf den strampelnden Manti.
Das kannst du vergessen.
Ich zog mich bis zur nächsten Ecke des Zelts und packte die Befestigung, zog sie heraus und löste sie vom Schiff. Sobald die Stange frei war, nahm ich mir die nächste vor und wiederholte den Vorgang.
In der Zeltplane öffnete sich ein weiterer Riss. Durch das neue Loch konnte ich den Kapitän sehen. Er drehte sich und schlug in alle Richtungen um sich.
Noch ein tiefer Atemzug, und ich löste auch die beiden letzten Verankerungen und drückte das Zelt nach oben.
Die Masse bestand jetzt nicht nur aus dem Zelt und den Pfosten, sondern auch aus dem Kapitän, der darinsteckte. Es hob sich etwas, doch wo der Kapitän stand, hing der Boden durch und berührte immer noch die Schiffshülle.
Nun ging die Klappe auf und ich sah den Manti, der meinen Schweißbrenner hielt – der Brenner war aktiviert.
So ein Mist!
In der Nähe der Stelle, wo seine Füße angeklebt waren, tat sich ein weiterer Riss auf. Dieses Mal stieg Rauch auf.
Ich bückte mich, stemmte den unversehrten Fuß auf die Schiffshülle und zog trotz der Schmerzen mit beiden Armen.

Endlich bewegte sich das Zelt. Zuerst nur langsam, doch ich hievte mit beständigem Druck das bebende Zelt und den Insassen weiter hoch. Allmählich hob es sich von der Schiffshülle.

Nun kroch ich darunter, drehte mich und stemmte die ganze Masse weiter hinauf. Dabei half mir das gehärtete Harz auf der anderen Seite der Plane, wo sich auch der Kapitän befand. Dort war das Material steif und ließ sich besser wegstoßen als die nachgiebige Zeltplane.

Ein letzter kräftiger Ruck, und das Zelt stieg empor, löste sich jetzt vollständig von der Schiffshülle und flog weg.

Im letzten Moment, ehe ich dem Zelt hinterherschwebte, packte ich einen Handgriff auf der Hülle und brachte mich nach unten in Sicherheit.

Das Zelt mit dem Kapitän darin stieg weiter und weiter.

Erleichtert atmete ich auf. »Jetzt sagen wir Lebewohl«, erklärte ich.

»Nein!«, rief das Übersetzungsprogramm.

Das Zelt stieg noch immer, drinnen glühte die Schweißflamme. Endlich hatte sich der Kapitän von dem Stoff befreit. An den Beinen hafteten noch Stücke der Plane und Harzbrocken, doch er hatte genügend Material herausgeschnitten und sich mehr oder weniger befreit.

Er schwebte jetzt vier Meter über mir, die Entfernung vergrößerte sich stetig. Über ihm bildete das Zelt eine asymmetrische Kuppel.

Er stieß sich vom Zelt ab und wollte erneut auf mich losgehen. Das Zelt bewegte sich schneller. Mit dem Stoß hatte sich der Kapitän abgebremst, aber nicht die Bewegungsrichtung umgekehrt. Die Masse des Zelts war viel kleiner als seine. Deshalb hatte der Stoß nicht die gewünschte Wir-

kung gehabt. Er entfernte sich weiter von mir, nur eben etwas langsamer.
Wieder hörte ich ein Kreischen und ein Klicken im Helm.
Als das Zelt die äußere Grenze des Antiträgheitsfeldes erreichte, flog es bereits so schnell, dass es im Grunde schlagartig verdampfte.
Der Kapitän war als Nächster an der Reihe.
Zuerst der unversehrte Arm. Er riss ab und verschwand in einer Dunstwolke. Das schwarze Blut, das aus der Wunde spritzte, traf eine etwas weiter entfernte Stelle und verdampfte ebenfalls. Einen Sekundenbruchteil später löste sich sein Oberkörper auf, dann folgten die Beine.
Es blieb nichts von ihm übrig.

Ich zog mich zur Luftschleuse. Der Filter im Anzug zeigte null Prozent Reserve. Wie viel Zeit ich noch hatte, wusste ich nicht. Ich fühlte mich mies und mir war schwindlig, was aber hoffentlich nur an der Anstrengung und den Schmerzen in der Hüfte lag. Oder daran, dass man mich beinahe zerquetscht hätte.
Auf der anderen Seite standen mehrere Manti vor der Schleuse.
Ich öffnete den Kanal.
»Der Kapitän ist tot«, keuchte ich.
Sie rührten sich nicht. Ich war nicht sicher, ob sie mich überhaupt hören konnten. Befolgten sie immer noch den Befehl, nicht mit mir zu sprechen?
»Er ist tot«, wiederholte ich. »Tot, tot, tot.«
Nichts.
»Holen Sie Steward. Er kann alles erklären.«
Nichts.

»Bitte«, flehte ich. »Ich sterbe.«
Nichts.
Jesses!
Ich hämmerte mit der Faust gegen das Fenster der Luke.
»Tech vier?«, meldete sich Steward.
Die Manti mit den Helmen machten ihm Platz, dahinter tauchte Stewards großer Kopf auf. Er näherte sich dem Fenster.
»Steward?«
»Ja, mein Freund.« Ich hätte schwören können, dass er lächelte, ehe ich ohnmächtig wurde.

36

Als ich aufwachte, war ich in meiner Nische angeleint.

Ich ließ den Blick nach unten wandern und tastete den Oberkörper ab. Zwei neue Kohlendioxidfilter waren eingesetzt.

»Steward?«, funkte ich.

Vor der Nische bewegte sich ein Schatten, ein Manti mit einem Helm spähte um die Ecke.

Erschrocken fuhr ich zurück und kroch tiefer in die Nische hinein.

»Tech vier«, sagte Steward. »Ich bin es.«

Guter Gott. Er war es wirklich. Was machte er da draußen?

Wie Steward mir berichtete, hatte der neue Kapitän mich wegen der Verwüstungen am Schiff unter Anklage gestellt. Ich war die ganze Zeit ohnmächtig, aber selbst wenn nicht, hätte ich nicht für mich selbst aussagen dürfen.

Das kommt mir bekannt vor.

Sie hatten das ganze Schiff durchsucht und Bubbles in einem Versteck und mit einem Medikament betäubt entdeckt. Der betreffende Lagerraum war nur dem Kapitän zugänglich. Sie brauchten fast einen Tag, um in den Raum eindringen zu können, weil die Heimatwelt erst die Einsetzung des neuen Kapitäns genehmigen musste.

Stewards und Bubbles' Aussagen, dazu die Blutspuren an dem Dolch in meiner Nische reichten aus, um mich zu entlasten.

»Der neue Kapitän war sogar einverstanden, Ihnen die Schulden zu erlassen«, erklärte Steward.

»Was für Schulden? Für die Schäden am Schiff?«, fragte ich.

»Nein, in dieser Hinsicht waren Sie ja bereits entlastet.«

»Was meinen Sie denn dann?«

»Für den Transport.« Er legte den Kopf schief. »Treibstoff, Wasser, Proviant, Ingenieurleistungen und medizinische Hilfe.«

Wie bitte?

»Ehrlich?« Ich lachte. »Wollten Sie mir das wirklich in Rechnung stellen?«

»Ihrer Spezies«, bestätigte er. »Ihrer Regierung, ja.«

Das sieht ihnen ähnlich.

»Wir haben Verbindung mit einem terranischen Frachter aufgenommen«, fuhr er fort.

Was?

Es dauerte einen Augenblick, bis es durchgedrungen war. »Ehrlich?«

»Ja«, bekräftigte Steward. »Mit der gegenwärtigen Geschwindigkeit und Flugbahn müssten wir in etwa siebenunddreißig Ihrer Erdstunden zum Rendezvous bereit sein.«

Ich lachte. »Das ist fantastisch.«

»Noch etwas«, fuhr er fort. »Bubbles möchte Ihnen zu Ehren noch ein Konzert geben.«

Jetzt lächelte ich. »Das wäre schön. Das wäre wirklich schön.« Es war mir völlig ernst.

Steward hockte sich hin und streckte den langen Unterarm

mit den vielen Fingern zu mir aus. Die Berührung am Bein war erstaunlich sanft und zart. Ich starrte ihn an und legte die Hand auf seine Finger. Er tippte mir etwas aufs Bein. Ich sah genauer hin, worauf er die Sequenz wiederholte.

Freund.

Der Weltraum kennt keine Gnade

* Cover- und Preisänderungen vorbehalten

Robert Corvus

Das Imago-Projekt

Roman

Piper, 496 Seiten
€ 16,00 [D], € 16,50 [A]*
ISBN 978-3-492-70482-3

Die letzten freien Menschen ziehen in 28 Großraumschiffen durch die Galaxis. Verfolgt von gnadenlosen Feinden stoßen sie auf eine fremde Intelligenz: Eine gigantische Sphäre umhüllt einen Stern. Deren Bewohner zeigen schon beim Erstkontakt, dass sie der Menschheit weit überlegen sind. Hinweise auf ein sogenanntes Imago-Projekt deuten auf eine verstörende Wahrheit hin. Kommt es zum unausweichlich scheinenden Kampf oder kann Kara Jeskon die Menschheit in eine versöhnlichere Zukunft führen?

Leseproben, E-Books und mehr unter www.piper.de

Das ultimative Mitmachbuch für alle Star-Wars-Fans!

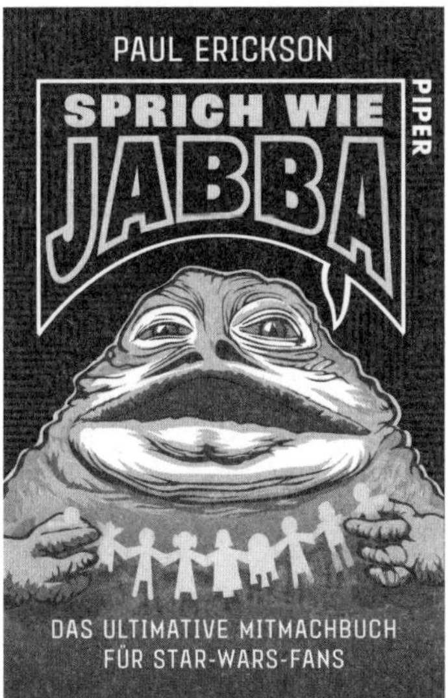

Paul Erickson

Sprich wie Jabba!

Das ultimative Mitmachbuch für Star-Wars-Fans

Aus dem Amerikanischen von Simon Weinert

Piper, 256 Seiten

€ 14,00 [D], € 14,40 [A]*

ISBN 978-3-492-70522-6

* Cover- und Preisänderungen vorbehalten

Epische Verfolgungsjagden im X-Wing-Fighter, eine Undercovermission auf dem Todesstern ... Dieses Buch liefert dir unzählige neue Ideen, jeden Tag zum Star-Wars-Tag zu machen: Vollgepackt mit Rätseln, Star-Wars-Origami, Kritzelbildern und Challenges (»Sprich einen Tag lang im Büro wie Jabba!«, »Bastel einen Todesstern aus einer faulen Orange«) ist dieser Band das perfekte Geschenk für alle, die am liebsten ganz weit weg sein wollen – in einer weit, weit entfernten Galaxis ...

Leseproben, E-Books und mehr unter www.piper.de